党群协同管理

朱永庚　王立林　于文恒　等/编著

天津大学出版社

TIANJIN UNIVERSITY PRESS

内 容 提 要

作为水管单位精细化管理系列丛书之一，《党群协同管理》以宣传贯彻党的路线方针政策为指导，以服务中心工作、服务职工为目标，遵循党的建设、工会、共青团工作等组织原则，在充分吸收各级组织和有关部门工作精华，紧密结合编者单位党务管理工作实际编写的。本书包括十一章，比较详细地叙述了党务、工会、纪检、共青团、计划生育等日常工作内容及工作程序，具有很强的操作性和实用性，对党务工作推行精细化、标准化、规范化管理具有很强的参考价值。

本书可供有关单位和相关工作人员学习使用。

图书在版编目（CIP）数据

党群协同管理/朱永庚等编著．—天津：天津大学出版社，
2010.6

（水管单位精细化管理系列丛书：10）
ISBN 978-7-5618-3508-1

Ⅰ.①党… Ⅱ.①朱… Ⅲ.①中国共产党-水利系统

-基层组织-工作 Ⅳ.①D267.1

中国版本图书馆 CIP 数据核字（2010）第 096065 号

出版发行	天津大学出版社
出 版 人	杨欢
地 址	天津市卫津路 92 号天津大学内（邮编：300072）
电 话	发行部：022-27403647 邮购部：022-27402742
网 址	www.tjup.com
印 刷	昌黎太阳红彩色印刷有限责任公司
经 销	全国各地新华书店
开 本	185mm×260mm
印 张	10.25
字 数	256 千
版 次	2010 年 6 月第 1 版
印 次	2010 年 6 月第 1 次
定 价	32.00 元

本书编委会

前　言

　　"引滦入津"工程于 1983 年 9 月建成通水，源源不断的滦河水有效地解决了天津工业和人民生活用水危机。在全长 234km 的输水线上，共有七个管理处、千名干部职工日夜守护着天津这条输水生命线。天津市引滦工程尔王庄管理处（以下简称我处）坐落在天津市宝坻区尔王庄乡，管辖着 8 座泵站、17 座水闸、18.129km 明渠、6.479km 暗渠和一座库容为 4 530 万 m³ 的调蓄水库，常年担负着向天津市区和天津滨海新区等地的输水任务，是"引滦入津"工程的重要输水枢纽。按照天津市的治水思路和引滦"三大发展规划"的建设要求，从 2006 年开始引滦全线全面推行了精细化管理，经过近几年的实践探索，已经形成了一套比较适合于水管单位发展的现代化管理模式。

　　为了更好地推行精细化管理经验，我处编写了一套水管单位精细化管理系列丛书。《党群协同管理》是以我处现行党群管理模式编写的，对党群管理工作的职能、工作流程、岗位职责等进行了系统的归纳、梳理和整合，体现了工作的连续性，为党群工作高效率管理，健康有序地向前发展提供了可靠保障。本书从党员队伍建设、干部队伍建设、廉政建设、保密工作、民主监督与管理、工会工作、共青团工作、计划生育工作、日常管理和考核管理等方面介绍了具体做法和经验。

　　本书是我处党务工作者对本处实际工作的总结，希望对新从事党群工作的同志有一定的借鉴作用。本书在编写过程中得到了各级领导和同人的大力支持，在此深表感谢！由于时间仓促，编者水平有限，难免存在疏漏和不妥之处，恳请广大读者不吝赐教，予以指正，提出宝贵意见。

编　者

2010.4

目　录

第一章 基本概述

1

第一节　基本情况

一、概况

我处坐落于天津市宝坻区，隶属于天津市水务局（天津市引滦工程管理局），管辖 8 座泵站、17 座水闸、18.129km 输水明渠、6.479km 暗渠和一座库容为 4 530 万 m³ 的中型调蓄水库，常年担负着天津市区、天津滨海新区和武清开发区的输水重任，年输水量 6 亿 m³ 左右，输水功能齐全，是我国北方城市供水泵站装机容量最大的水工建筑群体。

20 多年来，在处党委的正确领导下，全处职工以确保引滦输水为己任，求真务实、拼搏进取、扎实工作，精细管理，安全输水 170 多亿 m³，取得了 27 年安全输水无事故的优异成绩，为天津的城市发展、经济繁荣奠定了极为重要的水利基础。

二、人员构成

我处下设 13 个科级部门，共有干部职工 300 多人，包括处级干部 6 人，科级干部 35 人，党员 95 人，高级工程师 19 人，工程师 24 人。其中，大专以上文化程度 224 人、占职工总人数的 67.7％。

三、基本做法

建处以来，处党委在局党委的正确领导下，认真贯彻邓小平理论和"三个代表"重要思想，牢固树立科学发展观，始终以安全输水为中心，坚持求真务实、和谐创新，各项工作逐步实现了科学化、规范化、制度化，有力地保证了向城市安全输水。

（一）加强职工队伍建设，确保安全输水

处党委以满足水利事业发展需要为出发点，采取多种形式，努力构建提高职工素质的平台。首先，建立了以处党委、工会、团总支三级联动的教育管理机制。以开展爱国主义教育、革命传统教育、爱岗奉献教育、学习先进典型等形式，对职工进行思想教育。其次，为职工岗位成才创造条件。通过季度考核、每周一题、事故原因分析、师带徒、技术比武等形式，提高职工业务技能，最大限度地为职工创造良好的学习、发展、成才空间，制度上保障，资金上支持。并将涌现出的优秀人才纳入处人才库，在工作上予以重用，达到了学习—激励—再学习—再激励的良性循环。再次，严格执行考核和奖惩制度，加强对机电设备和工程设施的管理，完善了泵站事故应急处理预案，制定了事故未遂奖励机制等，充分调动职工工作的积极性。

(二)坚持党务政务公开，推进民主政治建设

我处坚持以职工代表大会为民主管理的基本形式，建立起较为完善的处务公开、党务公开、民主管理等制度。对工程招投标、冬煤等大宗物资采购、车辆等废旧物资处理，都向全处公开价格、公开程序、公开结果；对涉及职工切身利益和单位发展的重大事项，如人事制度改革、管养分离机制的建立、干部的聘用、干部考核等方面都通过职代会、召开座谈会等形式，征求职工意见和建议，形成浓厚的民主氛围。在廉政建设方面，始终坚持从零抓起，认真落实法律法规和廉政规定，认真贯彻反腐倡廉实施纲要，认真落实廉政责任制，积极培育廉政文化，深入开展警示教育，严格执行工程质量管理、招投标管理和资金管理，实现了"三个安全"。

(三)创新干部选拔任用机制，选好干部

处党委十分重视中层干部的选用，敢于破除传统观念，大胆启用全新的干部选用机制选拔干部，将基层站长及业务骨干纳入科级干部后备，通过职工代表民主推荐，把具有群众基础，业务能力和组织领导能力强的人员作为后备力量，然后由处党委对备选人员进行全面培养，最后确定合适人选。每年都对新到岗的科级干部压担子，使他们能够正确看待自己的岗位，在工作中做到不断学习、戒骄戒躁、谦虚谨慎、求真务实。这种新机制的建立有效地调动了干部的积极性，适应了新时期引滦输水事业对干部的要求。

(四)全面推行精细化管理模式，确保安全输水

处党委始终坚持贯彻科学发展观，在管理上大胆借鉴优秀企业的精细

化管理经验，制定了符合本处实际的精细化管理模式，对工作标准作了进一步细化和量化，规范了各项规章制度，形成设备管理精细化、日常管理流程化和人员培训制度化的管理模式。推行了"一日工作法"和"工作日志"等管理措施，各项工作精细到专人负责。在泵站管理上，细化了岗位职责，并推行了运行人员持证上岗、统一着装、设备挂牌管理、巡视打卡、责任考核等管理模式，培养和造就了一支拥有140多人的泵站运行管理队伍。同时，精细化管理实现了由实践向理论的转化。处党委认真总结精细化管理经验，组织人员编制了《泵站应用技术培训教程》等书，为加强工程管理确保安全输水提供了教材。

（五）坚持"两手抓、两手都要硬"，构建和谐文明单位

在实践中，处党委深刻认识到，构建和谐的输水环境，必须要求物质文明与精神文明协调发展。因此，处党委在工作中始终坚持"两手抓、两手都要硬"的方针政策，把两个文明建设作为统一的奋斗目标，一起部署，一起落实，一起考核，并对精神文明建立了"逐级抓落实、层层负责"的组织领导格局，确立了"与时俱进、常抓常新"的工作思路，制定了强化落实的保障措施，并以20％的权重纳入部门和职工绩效考核及目标考核之中，以大力提高职工的综合素质。

四、取得成绩

20多年来，我处认真抓好"三个文明"建设，使"三个文明"建设谐调发展。特别是近年来，处党委牢固树立科学发展观，带领全处干部职工发扬"献身、负责、求实"的水利行业精神，以"发展大都市水利，建设现代化引滦"为目标，不断加强素质工程建设，加大科技兴水和工程管理力度，强化民主管理，推进党务公开、处务公开和廉政建设，保障了各项工作的健康稳定发展。1998年以来，我处在天津市引滦系统工程管理考核和天津市水务局工作目标考核中先后9次获得"双第一"，并先后被授予"全国文明单位"、"全国绿化先进单位"、"全国模范职工之家"、"天津市文明单位"、"全国水利系统文明单位"等荣誉称号。

第二节　组织机构及岗位构成

一、组织机构

我处为天津市水务局下属处级事业单位。

（一）处党委和处领导组成

处党委成员共 7 人。

处领导共 6 人，分别为：党委书记、处长 1 名，党委副书记、纪委书记 1 名，副处长 4 名。

（二）党支部分布及成员构成

我处下设 7 个党支部，分别为：泵站管理所党支部、滨海一所党支部、滨海二所党支部、机关第一党支部、机关第二党支部、渠库管理所党支部、腾跃水利工程建筑中心党支部。每个党支部设书记 1 名，委员 2 名。

二、工作范围及岗位职责

（一）工作范围

处党委下设党群办公室负责处党委日常工作的开展。党群办公室主要负责本处的组织、宣传、精神文明建设、党务信息、纪检监察、保密、工会、共青团、计划生育、退休人员及政工人员管理等工作。工作目标是促进"三个文明"的健康发展。

（二）党群办公室工作职责

（1）负责党务和纪检监察工作，在处党委的领导下，负责全处党建和精神文明建设。主要包括：①组织处党委召开的会议，并负责会议记录、起草会议纪要和有关文件，保证处党委决定的贯彻落实；②负责组织中心组学习，对中心组成员的学习进行督促检查；③负责各党支部和全处党员的日常管理及发展党员工作；做好全处的纪检监察工作。

（2）负责党委会的督办工作，督促检查各部门贯彻落实处党委部署的工作，及时向处党委反馈。

（3）做好调查研究工作，为处党委科学决策服务。

（4）负责党务文件的起草工作，根据党务工作需要，收集信息，负责党务文件的起草、编制和发放工作。

（5）负责处党委和纪委的印章管理，严格执行公章的使用制度，保证用章合理规范。

（6）负责信息宣传工作，利用网站、简报、宣传橱窗等各种形式，加大对本处管理工作的宣传力度。旨在增强内部交流，扩大对外宣传，树立良好形象，拓展发展空间。

（7）负责工会、共青团、计划生育及退休人员的管理工作，主要包括：①贯彻落实上级工会及职代会的决议和工作要求，依法维护职工的合法权益，及时向处党委反映职工的建议和要求；②加强对团员青年的组织管理，积极开展健康向上、寓教于乐的活动；③严格执行国家的计划生育政策，做到无计划外生育；④按照上级的政策，做好退休人员的管理工作。

（8）负责本科室安全生产宣传教育、安全检查、隐患整改上报等工作。

（9）负责本科室岗位职工培训和绩效考核工作。

（10）完成领导交办的其他工作任务。

党群办职能管理关系如图1-1所示。

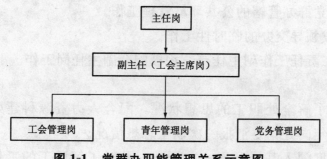

图1-1 党群办职能管理关系示意图

（四）人员构成及岗位设置

我处党群办设岗5人，分别为主任岗1人，副主任岗1人，青年管理岗1人，工会管理岗1人，党务管理岗1人。

（五）岗位职责

1. 主任岗位职责

（1）每年 12 月 31 日前制订好本部门全年的工作计划，经部门人员研究讨论后实施。

（2）组织人员及时总结宣传本处精神文明建设过程中好的经验和做法，及时宣传报道本处涌现的先进典型，年底组织文明科室及文明个人的评选表彰工作。

（3）每年 12 月底前，组织人员制定全处新一年党务工作安排，并按要求组织实施；按照局有关部门的要求组织开展各项活动，并及时上报材料；负责组织处党委召开的各种会议。

（4）每月组织两次中心组成员集中学习，学习要做到有考勤、有笔记；每年牵头对科级干部考核两次（分别为 6 月中旬和 12 月中旬）；建立好科级干部档案。

（5）配合处纪委制定本处全年纪检工作安排，并配合实施；组织各部门与处纪委签订党风廉政责任书；按照局纪委和处党委的部署抓好科级干部的党风廉政建设工作；按时向局纪委上报有关材料。

（6）负责起草处党委文件并审核以处党委名义上报和下发的文件材料。

（7）负责本部门人员的培训和考核工作。

（8）负责本部门的精细化管理工作，做到各项工作有考核、有落实。

（9）负责党群办管辖的公共环境管理工作。

（10）完成领导交办的临时性工作。

（11）第二责任工作副主任岗，积极配合副主任岗工作。

2. 副主任岗位职责

（1）及时了解全处职工的思想状况，配合人力资源科建好职工思想情况档案；每半年向处党委汇报一次职工思想情况。

（2）每季度深入基层开展一次调研，及时了解职工的工作和生活情况并向处党委汇报；每年至少写一篇职工思想情况调研报告。

（3）配合主任岗抓好全处的精神文明建设。

（4）配合人力资源科抓好职工培训和职工技术比武；及时购置职工学习书籍；抓好职工素质工程建设，建好职工素质工程档案。

（5）负责组织召开工会委员会和处职工代表大会；组织开展职工文体活动；做好困难职工及已故职工家属的慰问工作；春节前牵头做好退休职

工的慰问工作；做好上级工会安排的工作。

（6）负责共青团岗、工会管理岗工作。

（7）负责党群办管辖的办公环境管理工作。

（8）完成领导交办的临时性工作。

（9）第二责任工作主任岗，主任不在单位时完成主任岗工作。

3. 工会管理岗岗位职责

（1）负责工会财务管理，按照财务规定管好工会账目，在召开职代会之前提供工会财务的收支情况。

（2）按时参加市水务局和宝坻计生委的会议，每年做好职工的双情服务检查工作，做好本处的计划生育工作，准备好计生工作考核资料。

（3）职工文体活动的管理，每季度至少组织一次全处职工文体活动。

（4）负责工会的文件资料管理工作。

（5）负责工会的文件起草工作。

（6）负责党群办文体设施、影像设施、职工书屋的管理工作，随时为职工借阅图书提供服务。

（7）负责办公室、图书室、台球厅的环境卫生管理。

（8）完成领导交办的临时性工作。

（9）第二责任工作岗为青年管理岗及党务管理岗。

4. 青年管理岗岗位职责

（1）负责团员青年的管理工作。每年制订好全处团员活动计划，并按计划开展工作；每季度召开一次团支部书记会议，研究部署团的工作。

（2）负责全处团员统计，及时向组织部上报。

（3）负责团员青年主题教育活动的管理工作，每年上半年和下半年分别开展一次主题教育活动，并将活动情况上报局团委。

（4）负责本部门的绩效考核和培训管理工作。

（5）负责全处的宣传工作。利用多种形式宣传党的路线方针政策，及时总结宣传本处的先进典型，每月至少向行政办公室上报两篇信息。

（6）负责科室印章管理工作。

（7）负责党群办职教室的办公环境管理。

（8）负责本处普法及政工人员的管理工作。

（9）完成领导交办的临时性工作。

（10）第二责任工作岗为党务管理岗及工会管理岗。

5. 党务管理岗岗位职责

（1）负责本处纪检监察的具体工作，起草纪检监察的文件和材料，管理好纪检监察文件材料。

（2）按照局保密办的要求做好全处的保密工作，做好保密宣传工作，组织处保密人员学习保密有关规定、签订保密责任书。

（3）负责党务文件的起草工作，按照部门领导要求做好党务工作的上报下达工作。

（4）及时对本处的"三个文明"建设进行宣传报道，每月向行政办公室报送信息不少于两篇。

（5）负责科室印章的管理工作。

（6）负责党务资料的管理工作。

（7）负责党群办及职教室的环境卫生管理工作。

（8）完成领导交办的临时性工作。

（9）第二责任工作岗为青年管理岗及工会管理岗。

第二章 党员队伍建设

2

第一节 党员发展

一、入党积极分子的培养、教育和考察

（一）建立和扩大入党积极分子队伍

我处现有职工 300 多人，其中党员和入党申请人分别占职工总数的 32％ 和 28％，建立和扩大入党积极分子队伍是各党支部的重要职责之一。处属各党支部要在处党委的领导下，通过宣传党的路线方针政策并通过开展深入细致的思想政治工作，提高职工对党的认识和了解。对有入党愿望的职工要及时鼓励，指导他们写好入党申请书；对已经提出入党申请的职工要及时提供思想上的帮助，为其指出努力方向。不断扩大入党积极分子队伍。

（二）入党积极分子的培养教育

按照上级党组织的要求，我处对入党积极分子的培养教育一般采用以下几种方法。

（1）指定一至两名正式党员做入党积极分子的培养联系人，对他们进行个别帮助和指导。

（2）吸收入党积极分子参加党内的有关活动，使他们受到党内生活的实际教育。

（3）给入党积极分子分配一定的工作，并检查他们完成工作的情况，为入党积极分子提供接受锻炼和考验的机会。

（4）要求入党积极分子经常向党支部汇报自己的思想和工作情况，定期对他们的表现进行考察，肯定他们的成绩，同时指出不足之处和努力方向。

（5）有针对性地采取党课、形势报告会、党组织活动等多种形式对入党积极分子进行培养教育，使他们自觉学习党的理论知识，不断提高思想觉悟，以邓小平理论和"三个代表"重要思想为指导，深入贯彻科学发展观，在思想和行动上与党保持高度一致。

（三）对入党积极分子的考察和管理

1. 对入党积极分子的考察

（1）考察内容。党支部对入党积极分子的入党动机、思想觉悟、政治

品质和工作表现进行全面的考察，客观公正地写成文字材料，存入入党积极分子的档案中。

（2）考察时间。按照处党委的要求，考察工作要在广泛听取党内外群众意见的基础上，每半年进行一次。

（3）考察的基本形式。在日常生活、工作中考察；在完成工程管理和安全输水等任务中考察；在参加某项活动中考察；在关键时刻和大事大非面前考察。

2. 对入党积极分子的管理

（1）每年对积极分子队伍进行整顿，把新涌现出来的积极分子吸收进来，把不具备条件的人及时调整出去。

（2）以支部为单位建立入党积极分子档案，内容包括入党申请书、自传、思想汇报、考察材料及本人向党组织交代、说明问题的材料。

（3）建立入党积极分子定期向党支部作思想汇报的制度。

（四）对发展对象进行政审和培训

（1）党支部对入党积极分子经过一年以上的培养教育以后，在听取党小组、培养联系人和党内外群众意见的基础上，经支委会讨论同意，可列为发展对象。

（2）入党积极分子被确定为发展对象后要对其进行政治审查，主要内容包括：对党的路线、方针、政策的态度；本人的政治历史和在重大政治斗争中的表现；直系亲属和与本人关系密切的主要社会关系的政治情况。没有经过政治审查的，不能发展入党。

（3）凡被确定为发展对象的入党积极分子，在履行讨论程序之前，须参加由天津市水务局组织的短期集中培训，时间一般为 5 天（不少于 40 个学时）。没有经过培训的，一般不能发展入党。

二、预备党员的接收

（一）确定入党介绍人和填写《入党志愿书》

1. 入党介绍人的确定

（1）申请入党的职工要有两名正式党员做介绍人。

（2）入党介绍人一般由培养联系人担任，也可由发展对象邀请，或由党支部指定。受留党察看处分尚未恢复党员权利或尚在缓期登记期间的党员，不能做入党介绍人。

2. 入党介绍人的主要任务

（1）向被介绍人解释党的纲领、章程，说明党员的条件、义务和权利，认真了解被介绍人的入党动机、政治觉悟、思想品质、工作表现、经历等情况，并如实向党组织汇报。

（2）指导被介绍人填写《入党志愿书》，并认真填写自己的意见，向支部党员大会负责地介绍被介绍人的情况。

（3）被介绍人被批准为预备党员以后，继续对其进行帮助教育。

3. 入党志愿书的填写

（1）发展对象填写《入党志愿书》，须报处党群办对发展对象的情况进行初步审查。

（2）入党介绍人要把《入党志愿书》的栏目向发展对象解释清楚。

（3）《入党志愿书》要用钢笔或碳素笔填写，要能够准确地反映申请人意愿。入党介绍人要在《入党志愿书》上认真填写自己的意见。

（二）上报材料

各党支部必须将拟发展党员的材料上报处党群办审查，审查合格后再由党群办上报局组织部，局组织部批复后才能进行发展。拟发展党员的材料包括以下内容。

（1）本人档案。

（2）政审材料。

（3）党内外群众意见。

（4）《入党积极分子培养表》。

（5）考察综合意见。

（6）支部讨论意见。

（7）《入党申请书》。

（8）党小组意见。

（9）发展对象的思想汇报。

（10）公示。

（三）支部党员大会讨论

1. 准备工作

召开支部党员大会讨论接收预备党员之前，党支部要做好下述准备工作。

（1）通过召开座谈会、个别谈活等形式，广泛听取党内外群众对发展对象的意见。

（2）党小组开会提出意见。

（3）认真审阅发展对象的《入党志愿书》及有关材料。

（4）党支部委员会集体讨论，形成审议意见。

（5）按照有关规定，进行公示。

（6）确定支部党员大会参加人员、列席人员和时间、地点，发出会议通知。

2. 基本要求

（1）召开接收预备党员的支部党员大会，党支部所有的党员都应参加。

（2）如果到会有表决权的正式党员未超过本支部有表决权的正式党员总数的 2/3，支部党员大会应改期举行。

（3）申请人及其入党介绍人必须参加支部党员大会，否则也应改期举行。

3. 会议程序

召开接收预备党员的支部党员大会的主要程序如下。

（1）会议主持人报告出席会议的党员人数，提出会议要求。

（2）申请人汇报对党的认识、入党动机、本人履历、现实表现，以及应该向党组织说明的其他问题。

（3）党支部和介绍人介绍申请人的主要情况，并对其能否入党表明意见。

（4）组织委员向大会报告对申请人的审议情况及意见。

（5）与会党员对申请人能否入党进行讨论，发表意见。

（6）申请人对支部党员大会讨论的情况表明自己的态度。

（7）采取无记名投票的方式进行表决，并按少数服从多数的原则作出决议。

（8）支部书记总结。

会后，支委会将支部党员大会决议填入申请人的《入党志愿书》，由支部书记签名盖章。

赞成人数超过到会有表决权的正式党员的 2/3 时，才能通过接收新党员的决议。在表决前和表决时，任何人不得以暗示、串联等方式授意他人同意或不同意。入党介绍人不得投弃权票。表决时要逐个讨论和表决，并指定专人作好记录。

（四）处党委审批

处党委审批党支部上报的接收预备党员的决议前，指派专人对申请人的《入党志愿书》及有关材料进行审查，广泛听取党内外群众的意见，并同申请人进行谈话，作进一步考察。谈话人一般由党委委员担任。谈话后，谈话人将谈话情况和自己对申请人能否入党的意见，如实填写在《入党志愿书》的有关栏目内，签名后向党委汇报。

处党委审批后，及时将审批结果通知该党支部。党支部将审批结果及时通知本人，并在支部党员大会上宣布。整个党员发展流程如图 2-1 所示。

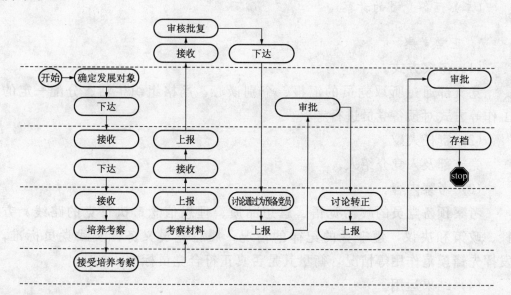

图 2-1　党员发展流程图

三、预备党员的教育、考察和转正

（一）预备党员的预备期及入党宣誓

1. 预备期

预备党员的预备期为一年，预备期从支部党员大会通过他为预备党员之日算起。

预备党员的义务同正式党员一样。预备党员的权利，除了没有表决权、选举权和被选举权以外，同正式党员一样。因此，预备党员不能担任由选举产生的各种党内职务。在一般情况下，也不能担任党小组长或党委各部门负责人，也不能被评为优秀共产党员。

2. 入党宣誓

预备党员必须面对党旗进行宣誓，誓词是"我志愿加入中国共产党，拥护党的纲领，遵守党的章程，履行党员义务，执行党的决定，严守党的纪律，保守党的秘密，对党忠诚，积极工作，为共产主义奋斗终身，随时准备为党和人民牺牲一切，永不叛党"。

入党宣誓仪式必须在支部大会通过并报上级党组织批准为预备党员后举行，由党支部组织进行。

（二）预备党员的考察

1. 正常考察

（1）考察方式。

党支部通过听取党员的汇报、个别谈心、严格组织生活、分配一定的工作等方式对预备党员进行考察。

（2）责任人。

党支部及入党介绍人。

（3）考察内容。

考察预备党员的政治觉悟、思想品质、理想信念；执行党的路线、方针、政策和决议，遵守党的纪律的情况；履行党员义务，实践党员标准，发挥先锋模范作用等情况，衡量其是否真正符合党员标准。

（4）结果运用。

考察的结果作为预备党员能否按期转正的依据。

2. 日常教育考察

（1）责任人。

对预备党员日常的教育考察由党小组和培养联系人负责。

（2）考察内容。

帮助预备党员克服自身存在的不符合党员标准的问题，向预备党员讲解党的基本知识，及时了解预备党员各个方面的表现，负责填写考察写实记录，定期向党小组和党支部汇报预备党员的情况。

（三）预备党员的转正

1. 按期转正

预备党员预备期满符合党员标准的，由党支部讨论其转正问题，不能无故拖延。处党委对党支部上报的预备党员转正的决议，应及时审批（不能超过三个月），审批结果应及时通知报批党支部。党支部接到审批结果后，应及时与本人谈话，并在党员大会上宣布。对于预备期满且已经具备正式党员条件的预备党员，由于党支部的原因未能按期讨论和审批其转正问题的，应作按期转正处理。预备党员在预备期间工作调动，原单位党支部负责鉴定并将教育考察情况向调入单位介绍清楚，其转正问题由调入单位党支部负责办理。

2. 延期转正

对于预备期满尚不具备党员条件的预备党员，不能用推迟讨论的办法来代替延长预备期。需要进一步教育考察的，可延长一次预备期（不能少于半年，不能超过一年）；不符合党员标准的应取消其预备党员资格。延长预备期的时间从原预备期满之日算起，取消预备党员资格从上级党委批准之日算起。

3. 手续和程序

（1）本人提出书面申请。

预备党员预备期满，应主动及时地向党组织提出转为正式党员的书面申请。书面申请的内容必须实事求是，在预备期满前的适当时候交给党支部。如果本人没有提出转正申请，党组织要进行启发教育，讲明道理，但不能强迫其申请转正，经教育后本人提出不愿转正或无故超过一年仍不申请转正的，应取消其预备党员资格。

（2）党支部征求党内外群众的意见。

党支部要通过多种形式，广泛征求党内外群众对预备期满的预备党员能否转正的意见，并把这些意见作为衡量预备党员能否转正的重要依据。

（3）支委会审查。

党支部委员会要根据预备党员的申请报告和党内外群众的意见，以及在预备期间对预备党员教育考察的情况，对照党员标准，提出预备党员能否转为正式党员的意见，提交支部大会讨论。

（4）支部大会讨论、表决通过预备党员能否转为正式党员。

申请转正的预备党员必须到会。入党介绍人一般也应到会，经与会党员充分讨论后，集体表决作出决议（表决方式与接收预备党员相同）。

（5）报上级党委审批。

支部委员会将支部大会的决议填入预备党员《入党志愿书》中的有关栏目，经党支部书记签名盖章后，报处党委审批。

4. 做好材料归档工作

预备党员转正后，应将其《入党志愿书》、入党和转正申请书、自传、政审材料、教育材料交党群办存入本人人事档案。被取消预备党员资格的，也应在《入党志愿书》上注明原因并存入本人档案。

第二节　党支部对党员的管理

一、党员考核与评议

（一）考核与评议安排

1. 坚持党员定期汇报制度

党员每季度要向党支部或党小组汇报一次思想，主要汇报思想、工作、学习等情况，及时得到党组织的关心和帮助，使党员置于党组织的监督之下。

2. 党支部对党员进行定期考核

每年至少考核两次（分别为6月中旬和12月中旬），并将考核结果由支部存入本人档案，为表彰先进和评议党员提供依据。党员工作目标及考核标准如表2-1所示。

表 2-1　党员工作目标及考核标准

序号	考核项目	基本内容	分值	评分标准	扣分因素及扣分	得分
1	理想信念	以邓小平理论和"三个代表"重要思想为指导，牢固树立科学发展观，具有坚定的共产主义理想信念；树立正确的世界观、人生观、价值观；认真贯彻执行党的路线、方针和政策	10	不按时参加支部会议，一次扣2分；不按时完成支部安排的工作，一次扣2分		

续表

序号	考核项目	基本内容	分值	评分标准	扣分因素及扣分	得分
2	宗旨观念	坚持党和人民的利益高于一切,热忱为人民服务;密切联系群众,向群众宣传党的路线、方针和政策,及时向党组织反映群众的意见和要求,维护群众的正当利益;群众遇到困难时,能热心帮助解决	10	群众遇到困难时,不热心帮助解决,一次扣2分		
3	组织观念	认真履行党员义务,积极参加组织生活和党组织开展的活动,积极完成支部交办的各项任务;自觉按期交纳党费;关心本处工作,积极向党组织提出合理的意见或建议;自觉接受党内监督	10	不认真履行党员义务,不积极参加组织生活和党组织开展的活动,一次扣4分;不积极完成支部交办的任务,一次扣4分;不自觉按期交纳党费,一次扣2分		
4	工作态度	有较强的事业心和责任感,积极向上,勤奋工作,圆满完成本职工作,为安全输水作贡献	10	不能完成本职工作,扣2分;因责任心不强,工作出现失误,一次扣2分		
5	工作创新	解放思想,开拓创新,积极探索工作中的好方法,着力解决工作中存在的热点、难点问题	10	对热点、难点问题不解决,一次扣2分		
6	工作业绩	立足本职岗位,履行岗位职责,按照精细化管理的要求,高标准完成工作任务,创出一流业绩	10	不认真履行岗位职责,一次扣2分;未完成部门领导交办的工作任务,一次扣2分		
7	遵纪守法	自觉遵守党的纪律,模范执行国家的法律法规和各项规章制度;敢于揭发、检举党的任何组织和任何党员违法乱纪事实,坚决同不良现象作斗争	10	违反有关规章制度,一次扣2分		

续表

序号	考核项目	基本内容	分值	评分标准	扣分因素及扣分	得分
8	忠诚团结	自觉维护党的团结和统一，严格保守党和国家的秘密，忠诚老实，言行一致，不搞小团体活动；认真开展批评和自我批评，勇于揭露和纠正工作中的缺点、错误	10	有不团结行为，扣2分；言行不一致，搞小团体活动，扣5分		
9	品德风尚	乐于助人，无私奉献，团结同事，邻里和睦；保护国家和人民的利益，在危险时刻敢于挺身而出	10	同事、邻里之间不和睦，扣3分；在危险时刻不能挺身而出，扣5分		
10	先锋模范	用共产党员标准严格要求自己，树立共产党员的良好形象。在安全输水、工程管理、关心群众等方面发挥先锋模范作用	10	先锋模范作用发挥不好，扣2分；在工作中表现较差，扣3分		
总分						

3. 对党员进行民主测评

每年由党支部组织对本支部党员进行民主测评，分别为6月中旬和12月中旬，测评结果由支部向党员进行反馈。群众评议党员民主测评如表2-2所示。

（二）民主评议党员的基本步骤

（1）通过学习《党章》和有关文件，对党员普遍进行坚持党员标准的教育，使党员增强党员意识，明确评议要求，提高参评自觉性，做好评议思想准备。

（2）组织党员对照党员标准，围绕评议内容，评价自己思想、工作、学习等方面的情况，肯定成绩，找出差距，明确努力方向。

（3）通过召开支部党员大会进行民主评议。

（4）通过民主评议，对优秀党员给予表彰；对不合格党员，区别不同情况进行处置。

（5）党支部对整个民主评议过程进行回顾和总结，找出对民主评议的规律性认识；对评议中暴露出来的问题，由党员本人和党支部制定出整改措施。

表 2-2 群众评议党员民主测评表

支部名称：

姓名	德				能				勤				绩				廉				综合			
	好	较好	一般	差	好	较好	一般	差	好	较好	一般	差	好	较好	一般	差	好	较好	一般	差	好	较好	一般	差

说明：1. 请在相应的栏内打"√"。
2. 综合评价必须与前面的评价相符。
3. 严格组织生活，党支部每年至少召开一次组织生活会。
4. 每年5月份由党群办和各党支部开展评选先进党支部和优秀党员活动。
5. 各党支部每年组织开展二次民主评议党员活动，分别为6月份和12月份。

二、党员管理的基本内容

（一）掌握党员的基本情况及方法

1. 基本情况

党员的基本情况包括自然情况（党员人数、党员的性别、年龄、入党时间、文化程度、职业、奖惩情况、主要经历等）、思想状况、工作情况、学习情况、生活情况等。

2. 基本方法

（1）建立党员自然情况登记册，包括姓名、性别、出生年月、本人成分、现有文化程度、工作简历、业务专长、奖惩、现任职务、工作单位及住址等。

（2）建立党员档案，包括参加支部会议记录、重要建议卡、工作目标完成情况等。

（3）建立党员汇报思想制度，党支部通过听取党员汇报和党员所在部门领导介绍情况来掌握党员的基本情况。

（二）党费的收缴和管理

1. 党费收缴

按照《党章》规定向党组织交纳党费，是共产党员必须具备的起码条件，是党员对党组织应尽的义务。党费收缴、使用和管理，是各党支部和党员队伍建设中的一项重要工作。按照上级组织部门的规定和要求，我处对党员交纳党费规定如下。

（1）每月以工资总额中相对固定的、经常性的工资收入（税后）为计算基数，按规定比例交纳党费；党员交纳党费的计算基数为岗位工资、薪级工资、绩效工资与津贴补贴之和。

（2）党员交纳党费的比例为：每月工资收入（税后）在 3 000 元以下（含 3 000 元）者，交纳月工资收入的 0.5%；3 000 元以上至 5 000 元（含 5 000 元）者，交纳 1%；5 000 元以上至 10 000 元（含 10 000 元）者，交纳 1.5%；10 000 元以上者，交纳 2%。

（3）退休干部、职工中的党员，每月以实际领取的离退休费总额或养老金总额为计算基数，5 000 元以下（含 5 000 元）的按 0.5% 交纳党费，

5 000元以上的按1‰交纳党费。

（4）预备党员从支部大会通过其为预备党员之日起交纳党费。

（5）党员工资收入发生变化后，从按新工资标准领取工资的当月起，以新的工资收入为基数，按照规定比例交纳党费。

（6）党员自愿多交党费不限。自愿一次多交纳1 000元以上的党费，全部上缴中央。具体办法是：由处党委代收，并提供该党员的简要情况，通过市委组织部，转交中央组织部。

（7）党员应当增强党员意识，主动按月交纳党费。遇到特殊情况，经党支部同意，可以每季度交纳一次党费，也可以委托其亲属或者其他党员代为交纳或者补交党费。补交党费的时间一般不得超过六个月。

（8）对不按照规定交纳党费的党员，其所在党支部应及时对其进行批评教育，限期改正。对无正当理由，连续六个月不交纳党费的党员，按自行脱党处理。

2. 党费管理

党费管理必须做到以下几点。

（1）专人管理，由组织委员专人负责。

（2）专立账目，及时统计凭证收支，按月上缴。

（3）党群办每年全体党员通报一次党费的收支情况。

（4）严格管理，专款专用。

（三）党员的党籍管理及组织关系接转

1. 党籍

党籍指党员资格，申请入党的同志从被批准为预备党员那一天起，就取得了党员资格，也就有了党籍。

2. 组织关系接转

党员因调动工作或其他原因，需要从我处到另一个单位，方可转移党员组织关系。首先由处党群办将党员的组织关系转到局组织部，然后由局组织部开具介绍信转到党员所在区县局的组织部，各区县局组织部门再开具介绍信转到党员所在地党组织。党员的组织关系介绍信由党员自己携带，妥善保管，到了新单位后立即交给党组织。对无正当理由超过六个月不转移组织关系的党员，要按党章规定，以自行脱党论处。具体流程如图2-2所示。

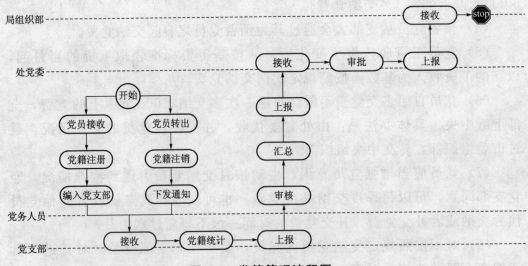

图 2-2　党籍管理流程图

三、党员对党支部工作民主测评

为更好地发挥我处各党支部的战斗堡垒作用，处党委每年组织全处党员对本支部进行民主评议活动，由党群办具体组织实施。评议时间分别为每年的 6 月和 12 月，评议结果作为评选先进党支部的依据。党员评议党支部民主测评表如表 2-3 所示。

表 2-3 党员评议党支部民主测评表

支部名称：

支部名称	思想建设				组织建设				作风建设				效能建设				廉政建设				综合			
	好	较好	一般	差	好	较好	一般	差	好	较好	一般	差	好	较好	一般	差	好	较好	一般	差	好	较好	一般	差

第三节 处党委对党支部的考核

为了加强我处的党支部建设和党员队伍建设，充分发挥党支部的战斗堡垒作用和党员的先锋模范作用，处党委制定了党支部的主要工作目标及考核标准（见表2-4）。处党委每半年对各党支部考核一次，党支部每半年对本支部的党员考核一次，考核情况分别由党群办和各党支部记录在案，考核结果作为评选先进党支部和优秀党员的主要依据。考核工作由党群办进行。

表 2-4 党支部主要工作目标及考核标准

项目	内容	满分值	评分标准	扣分因素及扣分	实得分
思想建设	认真贯彻党的路线、方针和政策，及时传达中央、市委、局党委和处党委的有关文件和重要会议精神。根据本支部实际情况及时制订党支部工作计划。抓好对党员的政治理论学习，并做好考勤工作。切实加强对党员及入党积极分子的思想教育	25	① 未按要求组织党员学习上级党组织会议精神，出现一次扣支部书记3分 ② 支部无学习计划，扣支部书记2分 ③ 支部组织活动无考勤，扣支部书记2分		
组织建设	党支部建设完善，支部的战斗堡垒作用发挥好。坚持"三会一课"制度，并做好会议记录。每季度召开一次党员座谈会，认真分析支部党建工作情况。每年开展一次党员民主测评活动，将评议结果上报党群办。根据处党委的安排部署，每年做好"优秀党员"的评选工作。按要求做好入党积极分子的培养及党员发展工作	25	①"三会一课"制度未坚持，缺少一次扣2分 ② 召开支部会议没有记录，缺少一次扣2分 ③ 未按要求召开党员座谈会，缺少一次扣2分 ④ 未完成处党委下达的工作，一次扣5分		

续表

项目	内容	满分值	评分标准	扣分因素及扣分	实得分
作风建设	支部成员经常与党员及职工开展谈心活动，做好调查研究工作，及时掌握党员及职工的思想动态。对职工关心的热点、难点问题能够解决的要及时解决，不能解决的及时向党委反映。支部班子团结协作，具有开拓创新意识。工作规划合理，工作目标明确，工作措施得力。严格遵守《廉政准则》和领导干部廉洁自律等各项规定	25	① 支部书记每季度至少与党员和职工谈心一次，并作记录，缺少一次扣2分 ② 对职工关心的问题不及时反映和解决的，出现一次扣支部书记2分 ③ 本支部有违反廉政规定的，支部成员每人扣2分		
制度建设	建立党支部工作制度、党员管理制度、党员电教化教育管理制度、一年一度的民主生活会制度，支部班子坚持民主集中制，实行集体领导与个人分工负责相结合制度。对分工范围内的事不推诿、塞责。有健全和完善的议事规则及决策程序	25	① 缺少一项制度，扣支部书记2分 ② 支部不团结、遇事推诿，扣支部书记2分 ③ 议事规则及程序不完善，扣支部书记2分		
总分					

第三章 干部队伍建设

3

第一节　基本做法

一、指导思想和工作目标

坚持以邓小平理论、"三个代表"重要思想和科学发展观为指导，遵守干部"四化"建设方针，服从党的基本路线，服务于安全输水中心工作，立足于干部队伍的整体发展，不断深化干部选拔任用制度改革，优化干部队伍结构，加强干部的常规管理、教育、考核和监督，努力建设一支讲政治、会管理、高素质的干部队伍。

二、基本原则

（1）党管干部的原则。

（2）德才兼备的原则。

（3）按需设岗、公平公正、民主决策、目标管理的原则。

（4）教育为本的原则。

（5）严格要求与关心爱护相统一的原则。

三、方法和措施

（一）建立公开公平、竞争择优的选拔聘用机制

1. 实行民主推荐制度

民主推荐参加人员为科级以上干部、党员代表、职工代表，其结果由处纪委监督、处党委汇总，并由处党委根据推荐结果，酝酿提出考察对象人选。

2. 坚持和完善干部提拔聘用考察制度

对确定的考察对象，按照干部管理权限由处党委进行严格考察。考察时，根据干部选拔任用条件和所聘岗位职务的职责要求，对其德、能、勤、绩、廉、孝等情况进行全面考察，考察结果作为拟提拔任用的基本条件。

3. 提高干部选拔聘用程序中的公开度

一方面，按照《干部任用条例》规定的原则和程序进行操作；另一方面，结合我处管理工作实际，建立健全优秀人才脱颖而出的良性机制。

4. 坚持干部任前公示制度

科级干部（包括科级助理）在拟提拔任用前，对其基本情况进行公示，扩大职工对干部选拔工作的参与和监督权限。

5. 实施新任干部试用期制度，把好"入口"关

对副科主持工作和科级助理人员实行一年的试用期制度，不搞一次性"转正"。对在试用期内因岗位工作能力差或其他原因，不适宜担任现职的，重新安排工作，其待遇按照新岗位工资标准执行。

（二）干部学习教育和培训制度

1. 组织集中学习

处党委中心组集中学习原则上每半月一次，必要时随时进行组织。在确保中心组学习时间的同时，通过学习体会交流、知识测试等形式，努力提高学习质量和效果。所有中心组成员都要认真遵守学习制度。

2. 坚持德教为先的原则

通过学习教育，牢固树立起正确的地位观、利益观、权力观，求真务实，不断提高处科级干部的政治素质和业务水平，为水务事业做出更大的贡献。

3. 注重岗位业务知识的学习培训

根据工作需要和培训需求，采取各种形式和方法，不断加大干部的培训力度，为干部创造良好的学习环境。搞好个人自学，努力使自己成为本职工作的行家里手，成为独当一面的岗位标兵，在确保我处安全输水工作中唱主角、挑大梁。

4. 关心干部成长进步

对新提拔聘用的科级干部，处党委将举办培训班，对其进行政治思想、工作能力和管理知识等方面的培训，帮助新任干部及时熟悉和掌握相关的制度、政策及管理方法，提高管理水平。同时，还要给他们加任务、压担子，促使其尽快走向成熟。

（三）加强领导干部作风建设

1. 思想方面

克服不思进取的思想，以创新的思路和招法，正确解决工作中出现的

新情况和新问题，防止和克服自满情绪、消极情绪和懒惰情绪，自加压力，争先创优，不断开创工作新局面。

2. 知识方面

加快知识更新，优化知识结构，不断提高政治理论素养和业务工作素质。注重学习成果的转化，每一名科级干部每年都要围绕增收节支、工程管理、安全生产等工作，至少提出两条建设性意见或建议。

3. 工作方面

明确目标和责任，超前谋划各项工作，认真抓好组织落实，对责任心不强、误时误事，并造成一定不良后果的，按照有关规定，追究领导和直接责任人的责任。要发扬求真务实精神，增强群众观念，每季度与职工谈话、深入基层调研不少于一次。

4. 管理方面

科以上干部都要服从组织领导，严格执行民主集中制的各项规定，对违反民主集中制原则的干部，坚决做组织处理。要正确对待和使用手中权力，认真落实"一岗双责"责任制，确保个人和本部门在廉政建设方面不出现任何问题。

5. 作风方面

处科级干部严禁参与任何不健康的娱乐活动，严禁参加任何形式的赌博活动，一旦发现，按规定进行严肃处理；要牢固树立勤俭节约的思想，坚决制止和杜绝讲排场、比阔气、奢侈挥霍等现象。禁止工作日午餐饮酒，禁止用公款大吃大喝，禁止以任何名目用公款宴请宾朋，禁止用公款支付个人费用。要积极倡导文明新风，自觉抵制各种陈规陋习，杜绝各种封建迷信。

（四）干部常规管理

1. 谈话制度

对领导干部或部门领导班子思想和工作上出现的问题，在调查分析的基础上，处党委要及时与这些干部进行谈话，找出存在问题的原因，认真整改。对于在党风廉政方面存在问题的干部，由处纪委负责进行谈话，并彻底解决问题。

2. 诫勉制度

对在思想、作风、纪律等方面存在较为严重问题且给工作造成一定影响或损失的干部，处党委在一定范围内对其提出诫勉，限期改正。诫勉期为六个月，诫勉期内进步较大的，经处党委会议研究，并征求有关方面意见，予以解除诫勉；没有明显改进的，予以免职直至按有关规定进行组织处理。

3. 责任追究制度

处党委根据工作要求，按照管理标准细化量化岗位责任内容和责任指标，界定工作权限，划分责任范围。各级领导干部要不断强化责任意识，对自己职责范围内的工作要在精、细、深、实上下功夫，确保工作目标的完成。对由于管理责任不到位，导致工作失误，甚至给全处整体工作造成影响的，进行责任追究。

4. 民主评议制度和考核制度

在处党委的领导下，每年对领导干部进行一次民主评议，评议方式以民主测评为主。处党委对科级领导干部实行每年二次的责任目标考核和绩效考核，同时加大对领导干部的日常考核力度，并把民主评议和考核结果作为干部奖惩、提拔、任用的主要依据。

第二节　科级干部选拔

处党委选拔科级干部的基本原则：严格按照《党政领导干部选拔任用工作条例》，坚持党管干部原则；任人唯贤，德才兼备原则；群众公认，注重实际原则；公开、平等、竞争、择优原则；民主集中制原则。

一、选拔科级助理以上干部基本条件

1. 选拔正科基本条件

（1）文化程度为大专以上。

（2）任副科三年以上。

（3）年龄50周岁以下。

2. 选拔副科基本条件

（1）文化程度为大专以上。

（2）任科助一年以上。

（3）年龄一般为40岁以下，特别优秀的可适当放宽年龄限制。

3. 选拔科级助理基本条件

（1）文化程度为大专以上。

（2）工龄三年以上。

（3）年龄一般为40岁以下，特别优秀的可适当放宽年龄限制。

（4）在处人才库人员或职工推荐的候选人。

二、办法和措施

1. 民主推荐

民主推荐由处党委组织在一定的范围内进行，并由处党委根据推荐结果，酝酿提出考察对象人选。

2. 提拔聘用前考察

对确定的考察对象，按照干部管理权限由处党委严格考察。考察时根据干部选拔任用条件和所聘岗位职务的职责要求，对其德、能、勤、绩、廉、孝等情况进行全面考察，注重考察工作实绩。考察结果作为拟提拔任用的基础。

3. 干部选拔聘用程序公开

坚持公开透明，不搞暗箱操作，避免选拔任用中失察、失误现象的发生。建立鼓励健全优秀人才脱颖而出的良性机制。

4. 干部任前公示

科级干部（包括科级助理）在拟提拔任用前，对其基本情况及任用意向进行公示，广泛征求职工意见，扩大职工对干部选拔工作的参与和监督。

5. 新任干部试用期

对新提拔正职、副科主持工作和科级助理人员实行一年的试用期制度，在试用期内因岗位工作能力差或其他原因，不适宜担任现职的，重新安排工作，其待遇按照新岗位工资标准执行。

三、选拔程序

按照《党政领导干部选拔任用工作条例》，首先由科以上干部、党员代表、职工代表进行民主推荐，对被推荐的人员进行反复酝酿，在班子内部认真研究，确定人选，然后进行组织考察，最后再进行任前公示。干部选拔流程如图3-1所示。

推荐 → 酝酿 → 处党委研究 → 确定人选 → 组织考察 → 公示 → 与被选人员谈话 → 下发文件

图3-1　干部选拔流程图

第三节　干部考核

　　为充分调动全处中层干部的工作积极性、提高工作效率、积极参与本处的各项工作，有力推进我处又好又快地发展，确保全年安全输水工作取得实效，我处每年对科级干部考核两次，考核结果与本人的绩效工资及奖励挂钩。

一、考核组织

　　组长：由单位主要负责人担任。
　　副组长：由负责党务的处级副职担任。
　　成员：由有关部门的负责人担任。

二、科级干部考核组职责

　　(1) 负责科级干部考核办法的修订。
　　(2) 负责日常考核内容的积累。
　　(3) 负责对全处科级干部的考核。
　　(4) 负责科级干部考核成绩的汇总。
　　(5) 负责科级干部考核资料的整理归档。

三、科级干部考核的内容

　　1. 会议学习考核
　　(1) 会议学习出勤。
　　(2) 中心组学习笔记和体会。
　　(3) 传达、贯彻并落实处有关会议精神情况。
　　2. 重点工作考核
　　3. 日常工作考核
　　(1) 部门日常工作。
　　(2) 部门主要工作。
　　(3) 安全稳定工作。

4. 民主测评

（1）处内职工和党员代表民主测评。

（2）科室内部测评。

（3）处领导评议。

5. 临时性工作

四、科级干部的考核时间

每年 6 月中旬和 12 月中旬各考核一次。

五、科级干部考核权重

科级干部的综合成绩由两部分组成，其中科级干部个人考核成绩占 60%，部门考核成绩占 40%。

六、科级干部考核程序

（1）处领导对全体科级干部进行测评，并按照得票率进行打分。

（2）在全处范围内进行民主测评，并按照得票率进行打分。

（3）科室职工对本部门科长进行测评，并按照得票率进行打分。

（4）考核小组按照科级干部考核标准逐条进行检查评分。

（5）由联络员将测评结果、考核结果、日常学习记录情况等按照评分标准进行综合计算。经小组长审核无误后报到人力资源科。

七、科级干部考核档次

严格按照科级干部考核内容和考核标准进行考核。各项测评均分为四个档次（优秀、合格、基本合格、不合格），四个档次计分标准如下。

（1）优秀：民主测评中，"优秀"、"合格"票要达到 95% 以上，其中，"优秀"票不少于 60%，得 10 分。

（2）合格：民主测评中，"优秀"、"合格""基本合格"票达到 90% 以上，其中"优秀"、"合格"票不少于 50%，得 9 分。

（3）基本合格：民主测评中，"优秀"、"合格"、"基本合格"票达到

80％以上，得 6 分。

（4）不合格：民主测评中，"不合格"票达 20％以上，经核查确有问题的，得 0 分。

八、科级干部考核成绩的运用

（1）考核成绩在 90 分以上，且在处绩效考核中部门排名前 8 名的，年底有评优资格。

（2）部门在安全生产方面出现一般事故以上、在所承担的日常工作中出现重大纰漏或责任事故、本部门人员出现违法（包括违反计划生育政策）或严重违纪事件的，取消该部门科长、副科长评优资格。

（3）考核成绩第一年低于 70 分的要进行谈话提醒，连续二年低于 70 分的，降一级绩效工资系数，第三年仍低于 70 分的，解聘其科级职务。

科级干部考核评分标准如表 3-1 所示。

表 3-1　科级干部考核评分标准

项目	考核内容及标准	标准分	赋分原则
会议学习考核	按时参加处召开的各种会议、学习活动，应参会人员都必须按时参加	5	无故不请假而不参加会议的，每次扣 2 分；因私事请假半年内累计超过 3 次的，扣 1 分；迟到一次扣 0.5 分
重点工作考核	按照年初制定的重点工作进行考核	10	没按进度完成的，一项扣 2 分；完成质量不高的，一项扣 1 分
部门日常工作	严格按照考核标准组织本部门进行绩效考核工作，不允许轮流坐庄、考核流于形式	15	有轮流坐庄、考核流于形式的，发现一次扣 3 分；考勤不真实的，一次扣 1 分；部门职工有迟到早退现象而考勤未记录的，发现一次扣部门负责人 1 分
部门主要工作	按时完成处年初制定的部门主要工作任务	20	由于工作失误造成经济损失或不良影响的，一项（次）扣部门主要负责人 10 分；未按时完成的，每项扣部门主要负责人 2 分，扣完为止

项目	考核内容及标准	标准分	赋分原则
安全稳定工作	部门工作秩序稳定，人员稳定，无越级上访事件，无安全生产事故	10	管辖范围内出现一例一般安全事故的，扣部门主要负责人10分；越级上访，一人次扣5分；集体越级上访，一次扣10分；管辖范围内出现不稳定事件的，一次扣5分，扣完为止
处内民主测评	由全处中层干部、党员代表、职工代表对全处中层负责岗进行测评，测评结果按照得票率核定分值	10	获得优秀的得10分，称职的得9分，基本称职的得6分，不称职的得0分
处领导评议	由处领导对中层负责岗位进行评价打分，测评结果按照得票率核定分值	10	获得优秀的得10分，称职的得9分，基本称职的得6分，不称职的得0分
科室内部测评	由本部门全体职工对本部门中层负责岗进行测评，测评结果按照得票率核定分值	5	获得优秀的得5分，称职的得4分，基本称职的得3分，不称职的得0分
中心组学习笔记和体会	按时参加中心组学习，按规定完成学习笔记和心得体会	5	未按规定完成学习笔记字数的，扣3分；心得体会未完成的，扣2分；无学习笔记和体会的不得分
传达贯彻落实处有关会议精神情况	一般会议精神要在3个工作日内传达贯彻到部门职工，重要会议（紧急会议）要在当天传达贯彻到部门职工，并做好检查落实工作	5	组织传达贯彻落实不及时的，每次扣1分；落实效果不明显的，每次扣0.5分；两次以上未传达贯彻的不得分
临时性工作	按照领导交办的工作内容和时限完成相关工作	5	未按规定时间完成的，每项扣2分；完成质量不高的，每项扣1分
满分100分			

第四章　廉政建设

4

第一节 党风廉政建设

我处党风廉政建设工作紧紧围绕处党委确定的各项工作任务，坚持标本兼治、综合治理、惩防并举、注重预防的方针，把握党的执政能力建设和先进性建设这条主线，突出作风建设和反腐倡廉建设这两个重点，抓好领导干部、关键环节和重要岗位这三个层面，深入推进领导干部作风建设、效能监察、行风评议、履行廉政承诺、预防职务犯罪和廉政文化建设这六项重点工作，进一步完善反腐倡廉教育、制度、监督、惩处和责任机制建设，形成了比较完善的拒腐防变教育长效机制、反腐倡廉制度体系和权力运行监控机制，推动了领导干部作风建设和反腐倡廉建设，为创造安全稳定的输水环境提供了强有力的政治保障。

一、加强干部作风建设，扎实推进廉政工作开展

1. 加强作风建设

处科级领导干部要按照"八个坚持、八个反对"（坚持解放思想、实事求是，反对因循守旧、不思进取；坚持理论联系实际，反对照搬照抄、本本主义；坚持密切联系群众，反对形式主义、官僚主义；坚持民主集中制，反对独断专行、软弱涣散；坚持党的纪律，反对自由主义；坚持艰苦奋斗，反对享乐主义；坚持清正廉洁，反对以权谋私；坚持任人唯贤，反对用人上的不正之风）的要求，大力倡导八个方面的良好风气，认真落实市纪委《关于进一步促进领导干部勤政廉政的意见》、局党委《关于加强领导干部作风建设的意见》和我处《关于加强干部队伍建设的实施意见》，进一步加强思想作风、学风、工作作风、领导作风、生活作风建设。要按照局党委《关于加强领导干部作风建设的意见》和我处《关于加强干部队伍建设的实施意见》，制定本处加强领导干部作风建设的具体措施，并抓好学习和落实工作。

2. 坚持教育、制度、监督，有效预防职务犯罪行为的发生

加强对施工管理人员的教育，严格落实工程建设"四制"（项目法人负责制、招标承包制、工程建设监理制和合同管理制），认真遵守工程建设程序，加强工程质量控制，确保工程建设质量和投资效益。开展法制宣传教育和廉政文化进工地活动，加强工程项目建设情况稽察、执法监察和审计

监督工作，确保工程优质廉洁。

3. 积极开展效能建设和效能监察

认真制定效能建设和效能监察的实施方案，建立健全的效能投诉和责任追究机制。认真执行公务接待和差旅费管理的有关规定，进一步改进会风和文风，精简会议和文件，大力提倡勤俭节约的风气，牢记"两个务必"（务必继续保持谦虚、谨慎、不骄、不躁的作风，务必继续保持艰苦奋斗的作风），始终保持艰苦奋斗的政治本色。进一步加强机关科室的建设和管理，切实解决一些诸如效率低下、服务质量不高等问题，不断提高工作效率和服务能力。

二、惩防并举

（1）加强重点和关键岗位人员的廉政建设，把反腐倡廉教育作为领导干部理论知识培训和水政执法、工程管理、财务管理岗位人员业务培训的重要内容，不断巩固提高教育效果。

（2）坚持和完善现有廉政基本制度，进一步完善领导班子议事规则、反腐倡廉形势分析制度，以及领导干部工作圈、生活圈、社交圈的规定，完善党风廉政建设责任制考核、责任追究等制度；加大对领导干部的民主考核和公开选拔干部力度，完善规范选拔聘用干部的相关制度；健全源头防治腐败、规范权力运行制度机制；完善基础维修工程和重点工程建设管理相关制度，特别是对质量监督管理、工程建设资金使用监督等方面的制度进行修订和完善，拓宽源头预防腐败工作领域。

三、反腐倡廉监督机制

1. 加强监督检查

深入贯彻落实《中共中央纪委关于严格禁止利用职务上的便利谋取不正当利益的若干规定》和市委《关于进一步加强领导干部廉洁从政的若干规定》。处科级领导干部每年至少参加一次民主生活会或组织生活会，年底或年初向全处职工述职述廉、报告个人重大事项等工作。

2. 按照局党委和处党委的统一部署，重点抓好以下工作

（1）深入治理领导干部违反规定收送现金、有价证券、支付凭证和收受干股，以及以赌博和交易等形式收受财物、利用婚丧嫁娶等事宜收钱敛财等问题。

（2）纠正和查处领导干部放任、纵容配偶、子女和身边工作人员利用其职权和影响经商办企业等问题。

（3）治理领导干部违规插手水利工程招投标、政府采购等市场交易活动谋取私利的问题。

3. 利用多种形式进行党务公开、处务公开

完善公开机制，深入推进集中性和经常性党务公开，进一步完善内部公开考核和责任追究机制。

四、强化反腐倡廉惩处机制

1. 始终保持查办案件的态势

严肃查处领导干部和施工管理人员在工程建设中以权谋私、弄虚作假、贪污贿赂、腐化堕落、失职渎职案件；严肃查处领导干部和有关人员在工作中严重侵害职工利益的案件；严肃查处领导干部利用审批权、行政执法权谋取私利的案件。对涉案人员要抓住不放，一查到底，严肃处理，决不手软，形成对腐败分子的强大威慑。

2. 进一步完善信访举报工作

对职工反映的问题要认真分析、及时核实，搞清问题，对存在的苗头性、倾向性问题早提醒、早预防，防止矛盾激化，预防腐败发生。

五、强化反腐倡廉责任机制

1. 党风廉政建设责任书的签订

各科室都要与处党委签订工作任务目标责任书和党风廉政建设责任书，同时要层层推动党风廉政建设责任书的签订。

2. 责任分解

把反腐倡廉各项具体任务落实到相关部门及负责人。

3. 责任检查和考核

由处纪委组织开展一年两次党风廉政建设形势分析制度和半年抽查、年底考核制度。

4. 责任追究

对违反责任制规定的行为，由处纪委严格追究领导责任和直接人的责任，维护责任制的严肃性。

纪检监察工作流程如图 4-1 所示。

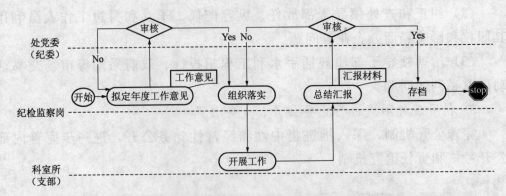

图 4-1　纪检监察工作流程

第二节　签订党风廉政建设责任书

党风廉政建设和反腐败斗争，是党的建设和政权建设的重要内容。实行党风廉政建设责任制，是党中央、国务院从制度上保证各级领导班子、领导干部对党风廉政建设和反腐败工作切实负起领导责任而采取的重大举措。落实党风廉政建设责任制，是全面贯彻"三个代表"重要思想，落实党要管党、从严治党的内在要求；是推进依法行政的必然选择；是实现反腐败领导体制和工作机制的客观要求；是做好新时期水务工作的重要保障。

党风廉政建设责任书是根据全年党风廉政建设和反腐败工作意见，对全处领导干部的党风廉政建设责任进行细化量化和分解，使每一位领导干部的廉政建设责任更加清晰、具体，更便于操作和落实。在每年的年初，处党委召开廉政建设专题会议，部署全年党风廉政建设和反腐败工作，各科室要与处党委签订党风廉政建设责任书。

我处党风廉政建设责任书如表 4-1 所示。

表 4-1　尔王庄管理处党风廉政建设责任书

签发单位及负责人	中共天津市引滦工程尔王庄管理处委员会	
	天津市引滦工程尔王庄管理处	
签发单位（章） 年　月　日		责任单位（章） 年　　月　　日
责任单位及负责人		

续表

项目	目 标	分数
总体目标	紧紧围绕服务安全输水中心工作，把握党的执政能力建设和先进性建设这条主线，突出作风建设和反腐倡廉建设两个重点，加强学习，遵守制度，自觉接受监督，确保领导班子和领导干部廉洁自律，勤政廉政，本部门全年不发生任何违纪违法案件	
落实六项重点工作任务	① 进一步加强作风建设，积极参加处纪委组织开展的"讲党性、重品行、做表率"主题实践活动，做好作风建设的表率 　　② 坚持教育、制度、监督并重，做好工程建设方面预防职务犯罪工作 　　③ 按照处党委统一部署，积极推进效能建设，结合本科室实际抓出亮点 　　④ 加强行风政风建设，不断提高本科室业务管理水平，为安全输水中心工作服务 　　⑤ 遵守工程建设各项管理规定，履行廉政承诺，坚持按程序操作，按制度办事 　　⑥ 结合本科室实际，积极参加处纪委组织开展的廉政文化"七进"活动	60
落实五项机制任务	① 按照处党委、纪委要求，自觉接受党纪条规教育，党员干部自律意识进一步增强，积极完成廉洁自律工作各项任务 　　② 模范遵守现有廉政基本制度 　　③ 严格执行处党委的决策目标，自觉接受处纪委的监督检查，积极配合处党委、纪委进行的党务、处务公开 　　④ 妥善处理信访案件，发现问题及时报告处纪委，并做好相关工作 　　⑤ 签订党风廉政建设责任书，分解任务，明确责任，形成齐抓共管局面。科室领导一年召开两次专题分析会，研究党风廉政建设工作，发现问题，理清思路，把握规律，不断创新，做好本科室党风廉政建设工作	30

续表

项目	目　标	分数
纪检队伍建设任务	① 科室主要负责人为第一责任人，并确定一名政治素质高、作风优良的职工负责纪检监察工作 ② 注重纪检监察人员的能力建设，进一步增强他们的机遇意识、创新意识、实干意识和责任意识 ③ 关心支持纪检监察人员的工作，全力配合处纪委开展工作，充分行使监督检查职能	10

第三节　党风廉政建设有关规定

各级领导干部要认真执行中纪委制定的《关于严格禁止利用职务上的便利谋取不正当利益的若干规定》和市委《关于进一步加强领导干部廉洁从政的若干规定》。

一、领导干部廉政建设规定

（1）节日期间各级领导干部一律不准搞相互走访、拜年等活动。

（2）不准以各种名义，用公款相互宴请，迎来送往，大吃大喝，进行高消费娱乐活动。

（3）不准接受超标准接待，不准参加各种名目的庆贺、剪彩等活动，进一步减少事务性活动和不必要的应酬活动。

（4）不准以各种名义用公款赠送、发放和接受礼品、礼金、有价证券和支付凭证；不准放任纵容配偶、子女和身边工作人员利用职权和职务影响收受礼金、有价证券、贵重物品，以各种名义谋取非法利益。

（5）不准接受与其行使职权有关系的单位和个人赞助安排的私人旅游活动。

（6）不准到单位报销应由本人及其配偶、子女支付的个人费用；不准用公车探亲、访友、办婚事及外出旅游。

（7）不准用公款公物操办婚丧活动或借机收敛钱财。

（8）不准参予赌博、封建迷信活动，不准观看、传播淫秽录像光盘，坚决抵制腐朽思想文化和生活方式的侵蚀。

二、工程建设中廉政规定

（1）工程负责人要认真履行一岗双责制，在抓好工程建设、搞好自身廉政建设的同时，要教育和监督下属有关人员切实履行职责，执行廉洁自律有关规定，积极为工程做好协调服务，保持与施工方的正常业务交往，严禁借工作之便向施工单位吃、拿、卡、要，谋取私利。

（2）各级领导干部严禁干预工程的招投标，确保招投标工作的透明度。大额资金的使用要经过处领导班子集体研究决定，严格贯彻勤俭节约的方针，精打细算，力争在保证工程质量的前提下把工程投资降到最低。

（3）各级领导干部和负责组织施工人员的配偶、子女不得从事与此项工程有关的材料设备供应、工程承包、劳务等经营性活动。

（4）负责组织施工的人员和现场管理人员要对施工过程实施有效的管理和监督，严把质量关。不允许采购和使用不符合施工要求的物料；不准接受或索要施工单位的宴请和馈赠款、物及有价证券；严禁不讲原则、不讲责任、滥用职权擅自变更或降低施工质量和标准。

（5）在签订工程承包协议的同时，还要签订《廉政承诺书》。处纪委对工程的全过程进行跟踪检查，对违反承诺书规定和上述规定的，不论任何人都将视情节轻重进行批评教育，直至给予党纪、政纪处分。

第四节　廉政承诺

根据上级有关文件要求，结合工作实际，制定廉政承诺制度。领导干部、参加重点工程建设和工程维修的施工及管理人员都要进行廉政承诺。

一、领导干部廉政承诺的内容

（1）严格执行廉洁自律各项规定，不接受与行政职权有关单位和个人的现金、有价证券和购物凭证；不用公款报销应由个人承担的各种费用；不任人唯亲、徇私舞弊。

（2）严格执行"一岗双责"，一手抓水利业务工作，一手抓廉政建设。不滥用职权，玩忽职守；不干预和插手水利工程招投标和物资设备竞标采购；不挪用、贪污水利建设资金，不私设"小金库"。

（3）严格执行政务公开的有关规定，不暗箱操作，不独断专行；不搞不正之风，不损害职工利益；不利用职权和职务上的影响为配偶、子女和亲友谋取利益。

二、参与工程建设人员廉政承诺的内容

（1）严格遵守国家法律法规，遵守处制定的廉政建设各项条款，按照处党委的工作部署和要求，以对工作高度负责的责任心，认真做好职责范围内的各项工作，并在加强自身廉政建设的同时，勇于举报一切违反廉政规定的现象和行为。

（2）保持与施工方的正常业务交往。不以任何形式向施工方索要和收受回扣等好处费；不收受施工方的礼金、有价证券和贵重物品；不在施工方报销任何应由个人支付的费用；不要求或者接受施工方为其提供的装修住房服务、婚丧嫁娶礼金、家属和子女的工作安排、出国出境旅游，以及对工程建设有影响的宴请和娱乐消费活动；不以任何理由向施工方推荐分包单位，指定物资设备生产商和供应商；不要求施工方购买合同规定外的材料和设备。

（3）积极为工程建设搞好协调服务，加强对施工过程的管理和监督，严把质量关。不准自己的配偶、子女从事与此项工程有关的材料设备供应、工程承包、劳务等经营性活动。

（4）自觉接受处纪委、施工单位及工程负责人和工程参与人员的监督。不以任何借口对检举人员进行打击报复。同时，对施工方（包括组织和个人）采取不正当手段行贿的，坚决予以制止，并及时向处纪委举报。

处纪委对承诺人进行监督检查，对违反承诺行为的，由处纪委进行组织处理。

第五节　工程物资采购管理办法

为加强工程物资采购管理，规范采购行为，提高资金使用效益，制定工程物资采购管理办法。

一、物资采购原则

（1）在处物资采购领导小组的领导下开展工作。

（2）在处纪委监督下认真做好市场调研工作，确保采购质量。

（3）按工程物资计划采购，合理使用资金。

（4）物资采购由相关部门负责。

二、采购范围

（1）日常维修物资。

（2）专项工程物资。

（3）应急抢修物资。

三、采购方式

（1）日常维修物资：结合机电设备数据库、低值易耗材料数据库、库房备品备件数据库及市场调研报告，制订采购计划报采购领导小组批准后，实行季度集中采购。

（2）专项工程物资：根据工程需要，制订采购计划，经保管员核实后制订出外购物资计划，上报处物资采购领导小组进行采购。

（3）应急物资：由抢修主管部门拿出采购计划，报主管领导批准进行市场采购。

四、采购要求

（1）单台件单价在1万元以上的机电设备实行竞价采购（工程总造价在50万元以上的进入市场进行招投标）。

（2）季度物资采购：由采购人员进行市场调研，编制调研报告，报采购领导小组批准，由纪委监督采购。

（3）零星物资采购：由采购人员进行市场调研，货比三家，择优选购。

（4）必须按采购计划集中采购，减少采购成本。

五、采购责任

（1）负责办理物资采购相关手续。

（2）对采购物资的规格、型号、数量和质量负责，协助财务办理好物资的入库手续。

（3）物资采购调研报告要科学规范，出现价格、质量问题，将直接追究当事人的责任。

六、采购纪律

（1）外出采购必须有 2 人以上参加，互相监督，严禁单独采购。

（2）采购人员要廉洁自律，切实遵守"不得拿取回扣，不得参加宴请，不得接受礼品"的规定。一旦发现以上问题，即按有关规定严肃处理。

（3）由于工作疏忽致使采购物资出现质量问题，由当事人负责退货，造成经济损失的，由本人负责赔偿。同时，影响工作的还要给予纪律处分。

（4）竞价采购时，必须在纪委的严格监督下进行竞价，对标底要严格保密，违反纪律将追究当事人责任。

第五章　保密工作

5

第一节 重点涉密人员及签订保密责任书

1. 本处涉密人员

包括处级领导干部和保密要害部位的工作人员，后者包括人事档案管理人员、机要人员、档案室管理人员和工程资料管理人员。

2. 涉密人员管理的原则

严格审定、分类管理、加强教育、定期考核，确保涉密人员可靠、可信、可用。

3. 责任部门

处保密委员会办公室设在党群办，负责指导全处涉密人员的保密教育工作。各相关部门对保密人员负有管理责任。

4. 审查

按照上级要求，每年都要对涉密人员进行审定，提出涉密人员名单和涉密等级，填写《涉密人员政治审查表》，并由处保密办公室组织人力资源科进行政治审查，填写审核意见，报处党委审定后报局党办。

5. 审定

天津市水务局党办审定后反馈到处党群办，并通知其本人。

6. 备案

建立涉密人员名册，并填写《涉密人员情况汇总表》，同时报局党办备案。

附：尔王庄管理处涉密人员在岗保密承诺书（见表5-1）、尔王庄管理处涉密人员离岗保密承诺书（见表5-2）、情况汇总表（见表5-3）。

表 5-1 尔王庄管理处涉密人员在岗保密承诺书

姓　名		性别		出生		年　月　日
政治面目		学历		职务		
工作单位				所在部门		

续表

在岗类型	在职□　　借调□　　聘用□

我了解有关保密法规制度，知悉应当承担的保密义务和法律责任。本人庄重承诺：

一、认真遵守国家保密法律、法规和规章制度，履行保密义务。

二、承担所任岗位中涉及国家秘密事项和水利工作中国家秘密事项的保密责任。

三、不提供虚假个人信息，自愿接受保密审查。

四、不违规记录、存储、复制国家秘密信息，不违规留存国家秘密载体。

五、不在涉密与非涉密计算机系统间交叉使用移动存储介质。

六、不用涉密计算机连接外网，不在非涉密机上存储处理涉密信息。

七、不以任何方式泄露所接触和知悉的国家秘密。

八、未经单位审查批准，不擅自发表涉及未公开工作内容的文章、著述。

九、离岗时，自愿接受脱密期管理，签订保密承诺书。

违反上述承诺，自愿承担党纪、政纪责任和法律后果。

承诺人签名：
年　月　日

表5-2　尔王庄管理处涉密人员离岗保密承诺书

姓名		性别		出生	年　月　日
政治面目		学历		原职务	
原工作单位			现工作单位		
离岗原因		退休□　调离□　辞职□　辞退□　其他□			
承诺内容	我了解有关保密法规制度，知悉应当承担的保密义务和法律责任。本人庄重承诺： 　　一、认真遵守国家保密法律、法规和规章制度，履行保密义务。 　　二、不以任何方式泄露所接触和知悉的国家秘密。 　　三、已全部清退不应由个人持有的各类国家秘密载体。 　　四、未经原单位审查批准，不擅自发表涉及原单位未公开工作内容的文章、著述。 　　五、自愿接受脱密期管理，自　年　月　日至　年　月　日服从有关部门的保密监管。 　　违反上述承诺，自愿承担党纪、政纪责任和法律后果。 <div style="text-align: right;">承诺人签名： 年　月　日</div>				

表 5-3   尔王庄管理处涉密人员情况汇总表

单位（盖章）：   填报日期：

情况类别	姓名	职务	类别		备注
			在职	退休	
核 心 涉密人员					
重 要 涉密人员					
一 般 涉密人员					
合 计					

填表人：   审核人：

第二节   教育培训

对涉密人员的保密教育培训，应着重抓好上岗、在岗和离岗三个重点环节的教育。没有进行保密教育培训的人员，不得进入涉密岗位。教育培训由党群办组织，每年至少一次。教育培训的内容包括岗前教育培训、在岗教育培训和离岗教育培训。

一、岗前教育培训

对新走上涉密岗位的人员进行的保密教育培训，主要内容包括保密工作形势与任务、岗位职责和保密纪律、保密业务基础知识等。同时填写

《涉密人员上岗保密教育记录表》。

二、在岗教育培训

对已在涉密岗位的工作人员进行的保密教育培训，主要内容为：中央有关保密工作的方针政策，《保密法》及其实施办法等法律法规，市委、市政府有关保密工作的规定、要求，局有关保密制度、我处保密制度、秘密载体管理、计算机信息系统管理等保密业务知识等。同时填写《涉密人员保密教育培训登记表》。

保密要害部门、部位的涉密人员，每年在岗教育、培训不得少于16课时。

三、离岗教育

对因调动、退休或其他原因准备离开涉密岗位的涉密人员进行的保密教育。涉密人员离岗时应对其进行离岗前的保密教育，要求离岗后对所知悉的国家秘密继续承担保密责任和相关的义务，同时填写《涉密人员离岗保密教育记录表》。

第三节　涉密人员管理

一、管理内容

（1）经审批确认的涉密人员，必须与处党委签订《涉密人员在岗保密承诺书》，并报局保密办备案。

（2）建立涉密人员档案，如发生涉密人员的数量增减和岗位变动情况，进行及时、准确的记录和跟踪，对不适宜涉密岗位的人员，及时调离或调整，按规定办理相关手续，并同时报局保密办备案。

（3）涉密人员因私出国出境，必须对其进行保密教育并对其表现作出评价，填写《涉密人员因私出国境审批表》，报局保密办审查。

（4）涉密人员因辞职等原因主动脱离涉密岗位的，要提前提出申请，按照有关保密规定，履行批准程序。

（5）涉密人员脱离涉密岗位，必须签订《涉密人员离岗保密承诺书》，将所保管的国家秘密载体全部清退，办理移交手续。

（6）处保密办负责涉密人员的保密教育和保密监督检查。涉密人员如发生、发现泄密事件时，必须立即采取补救措施，并及时按规定向处保密办报告。

（7）处保密办要建立涉密人员管理档案，收集、保存对涉密人员审定、统计、教育、管理、考核、奖惩等工作的记载。

（8）处保密办要结合年度工作目标考核，对涉密人员落实岗位保密责任的情况进行考核，填写《涉密人员年度考核表》。

（9）经考核不符合涉密岗位的基本要求、不宜继续在岗位工作的涉密人员，处保密办要及时向处党委反映，建议调离。

（10）违反保密规定，不认真履行岗位保密责任书规定的责任和义务的涉密人员，当年不得评为先进；泄露秘密、情节严重的，依照有关规定追究党纪、政纪直至法律责任。

二、保密工作流程

我处保密工作严格按照市水务局保密办的要求开展工作，涉密人员要认真签订保密承诺书，自觉执行《保密法》，圆满完成工作任务。保密工作流程如图 5-1 所示。

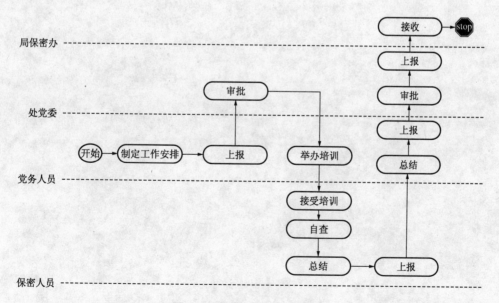

图 5-1 保密工作流程图

第六章
民主监督与管理

6

第一节 职工代表大会

一、职工代表大会的性质和任务

职工代表大会是实行民主管理的基本形式，是职工行使民主管理权利的机构。职工代表大会的主要任务是：贯彻执行党和国家的方针、政策，正确处理国家、集体、职工三者利益关系，在法律范围内行使职权，保障职工的主人翁地位，调动职工积极性，促进单位和谐发展。我处现有职工代表 40 多人，处工会每年至少组织召开一次职工代表大会，主要对过去一年的工作进行总结回顾，并对新一年工作进行安排部署。

（一）职工代表大会的职能

（1）听取和审议我处工程管理、长远规划、年度计划、水利基建维修工程项目方案等，提出意见和建议。

（2）审议通过处行政工作报告、处财务工作报告、处工会和职工代表大会工作报告、职工代表提案落实情况报告等，形成职工代表大会决议。

（3）审查同意或否决单位的工资调整方案、奖金分配方案、劳动保护措施、考核奖惩办法、职工教育培训计划，以及其他重要的规章制度。

（4）审议决定职工福利基金使用方案、职工住房分配方案、公积金调整方案，以及其他有关职工生活福利的重大事项。

（5）评议、监督党员、干部。

（二）职工代表大会主席团

（1）每次职工代表大会应选举主席团主持会议。

（2）主席团成员必须是同届职工代表，非职工代表和列席代表均不能担任主席团成员。党、政、工的主要领导没有被选为职工代表的，可以从职工代表中的党、政、工副职干部中选举主席团成员。

（3）主席团成员由职工代表大会全体会议直接选举产生。第一步，由各职工代表小组在征求职工代表意见的基础上，协商推荐候选人名单；第二步，将候选人名单提交职工代表大会讨论，采用举手表决的办法选举产生。

（4）职工代表大会主席团不实行常任制。职工代表大会闭会期间，需要临时解决的重要问题，由工会召开职工代表小组长会议，协商处理，由工会向下次职代会报告予以确认。

职工代表大会工作流程如图6-1所示。

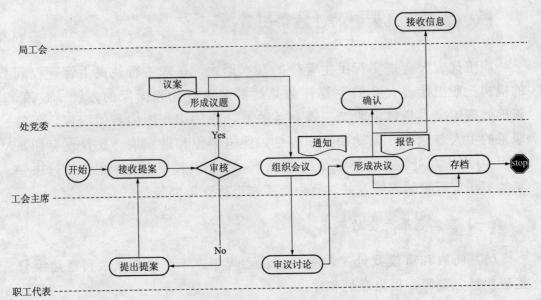

图 6-1　职工代表大会工作流程图

二、职工代表

（一）职工代表的权利

（1）在职工代表大会上，有选举权和被选举权、表决权、提案权。

（2）有权参加对执行职工代表大会决议和提案落实情况的检查。

（3）代表职工参政议政、民主管理、民主监督的权利。

（二）职工代表的义务

（1）加强思想政治和业务学习，掌握政策法律法规，提高工作能力和参政议政水平。

（2）密切联系职工群众，搞好调查研究，真实反映职工群众的意见和要求。

（3）认真执行职工代表大会决议，做好职工代表大会交给的各项工作。

（4）模范遵守国家法律、法规和我处各项规章制度、劳动纪律，做好本职工作。

（5）执行《职工代表大会章程》，积极参与工程管理，为安全输水献计出力。

（三）职工代表的调动、退休和罢免、撤换

（1）职工代表在本处内调动工作，其代表资格予以保留；职工代表任期未满调离本处和退休（内退）的，其代表资格自行中止。

（2）职工代表违法乱纪或严重失职，职工可向工会提出罢免或撤换代表的要求。罢免或撤换职工代表，须经原选举部门全体职工讨论且过半数以上同意后，及时报告处工会，经处工会讨论通过后，宣布撤销其代表资格。

（3）职工代表出现缺额，应及时补选。补选代表的程序和选举代表一样，由所在部门职工直接选举产生。

（四）列席代表

（1）职工代表大会根据审议问题的需要，可邀请列席代表参加会议。

（2）列席代表没有表决权、选举权和被选举权，不能当选为大会主席团成员。

（3）列席代表可以是处级领导干部、中层干部、技术干部、其他职工。

三、职工代表大会程序和制度

（一）职工代表大会评议领导干部的程序

（1）在处党委领导下，成立由党委、行政、纪检、工会等各方面负责人组成的民主评议领导小组，由人力资源科、党群办负责制定评议方案和具体组织实施工作。

（2）做好思想发动工作，学习有关文件，掌握评议干部的意义、政策、内容、重点和方法，有针对性地做好职工代表和被评议人员的思想政治工作。

（3）召开职工代表大会会议，由中层以上领导人员作述职述廉报告。

（4）组织职工代表以无记名投票的方式进行民主测评。

（5）整理职工代表民主评议意见和民主测评结果，报送处党委及有关主管部门。

（6）处领导班子和领导人员根据民主评议意见和民主测评结果，及时召开民主生活会，并制定整改措施。

（二）职工代表大会行使职权的程序

1. 职工代表大会行使审议权、建议权的程序

（1）预先公布议案。行政领导须在职工代表大会预备会召开7日前，公布拟提交职工代表大会审议的议案。职工代表应向所属部门职工传达议案内容，并收集意见、建议。

（2）召开预备会议。由处工会组织职工代表，进行调查研究，广泛征求职工意见和提案。

（3）召开正式会议。听取处行政工作报告、财务预决算报告（含招待费使用情况）、工会（职工代表大会）工作报告。职工代表就以上报告进行讨论，提出意见和建议，并形成职工代表大会决议。

2. 职工代表大会行使审查同意或否决权的程序

（1）由有关部门向工会预先公布议题、议案。

（2）工会组织召开职工代表预备会议，进行审查讨论。

（3）召开正式会议。对审查议题、议案进行投票表决，形成会议决议，报处党委并向全处公示。

（4）凡经职工代表大会否决的议题、议案，任何组织和个人都不得强行实施。

3. 职工代表大会行使审议决定权的程序

（1）预先公布议案。

（2）召开预备会议。

（3）召开正式会议。对职工公益金和福利费使用方案及其他有关职工生活福利的重大事项进行表决。审查监督本单位依法缴纳各项社会保险费、住房公积金及办理补充保险的情况。

（4）审议决定后，对各方面贯彻执行情况进行跟踪监督。

（三）职工代表大会行使各项职权的原则和要求

（1）公开透明，充分发扬民主的原则。职工代表大会审议、审查、决定单位各项重大问题，必须坚持做到目的意义公开、相关法律政策公开、有关内容的真实情况公开、拟实施的整体方案公开，要在职工代表明确意义、掌握政策和情况、充分发表意见的基础上，再行表决。职工代表大会评议监督党员干部和进行民主推荐、选举、选聘，必须做到有关人员述职

公开、评议公开、测评结果公开、整改措施公开、奖惩任免公开。

（2）维护职工合法权益与提高工程管理效益、确保安全输水相统一的原则。职工代表大会必须坚持以确保安全输水为中心，促进工程管理，提高工作水平，实现各项管理目标；同时必须依法维护职工的合法权益，充分调动职工群众的积极性、创造性。每次职工代表大会应在调查研究的基础上，按照这一原则确定中心议题。

（3）贯彻执行党和国家的方针政策和法律、法规的原则。职工代表大会不得做出违背党和国家方针、政策和法律、法规的决议、决定，否则，即为无效。

（四）职工代表大会组织制度

职工代表大会实行民主集中制的组织原则体现在各项组织制度中。

（1）职工代表大会每五年为一届，每年至少召开一次。每次会议需有三分之二以上职工代表出席。

（2）职工代表大会按期召开和换届。开会前一周向天津市水务局工会报告。

（3）遇有重大事项，经处行政、工会或三分之一以上职工代表提议，并报请处党委同意后，均可召开职工代表大会。

（4）职工代表大会进行选举或对有关事项进行表决，采取无记名投票或举手表决方式。超过半数视为通过。进行选举或涉及职工切身利益的事项，须采取无记名投票方式。

（5）职工代表大会依法在其职权范围内作出的决议和审查同意、审议通过、审议决定的事项，非经职工代表大会同意不得修改。

（6）职工代表大会选举主席团主持会议。主席团成员应由职工和党委、行政、纪检领导人员及工会负责人组成。主席团成员中一线代表应超过半数，主席团成员必须是本届正式职工代表。主席团实行执行主席制，由执行主席主持会议。

（7）职工代表大会根据需要设立工程管理、规章制度、生活福利、评议干部、提案审查和劳动争议调解等专门小组，并民主推选出组长。

（8）各职工代表小组对职工代表大会负责，其主要职责包括以下七点。

1）调查了解职工对安全输水、规章制度、生活福利以及对各级领导人员思想、工作、作风等方面的意见，及时向有关部门反映。

2）审议提交职工代表大会的有关议案，提出审议意见和建议。

3）征集职工代表大会提案。

4）检查、督促职工代表大会同意（通过）、决定、决议的事项和提案的落实。

5）办理职工代表大会交办的其他事项。

6）职工代表大会闭会期间，根据职工代表大会的授权，需要临时解决的重要问题，由处工会征求有关人员意见后，召开工会委员会会议。根据会议内容可以邀请处党政领导人员或其他有关人员参加。经工会委员会决定的事项，需向下一次职工代表大会报告确认。

7）职工代表大会闭会期间，对于全局性、紧迫性的确需提交全体职工代表审议、审查的专项议题，但又不便于召开临时职工代表大会的，可先由工会委员会召集小组负责人联席会议进行部署，再各自召开职工代表分组会议审议、审查，最后由工会委员会分别到各组征集意见和组织表决。

（五）职工代表大会工作制度

职工代表大会的工作制度，是职工代表大会进行活动的规范性规定，主要有以下两项制度。

1. 民主管理联席会议制度

（1）民主管理联席会每季召开一次，由处领导班子成员、各部门负责人、各代表组长参加。

（2）根据会议内容及需要，可邀请其他有关人员参加，协商处理，并向下一次职工代表大会报告予以确认。

2. 职工代表提案（意见）处理制度

（1）征集提案，要结合职工代表大会工作进行，每半年征集一次。

（2）凡征集的提案，由工会负责分类整理，建立提案卡，交有关领导或部门认真研究处理和解答。

（3）领导解答处理提案的期限，从接到提案之日起，不得超过三十天。处理意见要通过会议或提案卡反馈形式告知职工代表，之后归档。

四、职工代表大会的筹备和召开

（一）职工代表大会的筹备工作

（1）职工代表大会的筹备工作一般在开会三十天前开始，在处党委领导下成立由党委、行政、工会组成的筹备组。

（2）确定方案。由工会草拟召开职工代表大会的方案，经筹备组协商后，提交党委讨论决定。方案应包括大会的中心议题、会期、规模、议程、大会主席团组成、提案征集、文件材料准备，以及大会其他筹备事项。如是首届或换届的职工代表大会，还应包括职工代表（列席代表、特邀代表）的分布和选举、职工代表大会的组织机构、职工代表资格审查委员会组成、职工代表大会制度的实施办法制定等内容。

（3）根据中心议题起草文件。处行政工作报告和需提交大会审议、审查和决定的有关议案等由行政负责；处财务工作报告由处财务科负责；职工代表大会工作报告和工会工作报告、提案报告以及提案落实情况报告等由工会负责。

上述文件需提交党委讨论批准，并至少在职工代表大会召开 7 日前交职工代表做好审议、审查准备。与此同时由职工代表大会各专门小组开始大会提案征集工作。

（二）召开职工代表大会预备会议

预备会由工会主席主持，全体职工代表或职工代表小组长参加，主要议程如下。

（1）通过大会主席团名单。

（2）由代表资格审查委员会作代表资格审查的报告，确认代表资格。

（3）讨论职工代表大会组织机构的设置和职工代表大会制度实施办法。

（4）审议大会中心议题及议程安排，如与实际不符可适当修改。

（5）讨论提交大会的行政工作报告、财务预决算报告（招待费使用情况）工会或职工代表大会工作报告及有关议案。

（三）职工代表大会正式会议

职工代表大会由主席团主持，主要内容包括以下六点。

（1）决定职工代表大会的组织机构（会务、后勤等）和人选。

（2）听取各项议案、议题、报告。

（3）依据职工代表大会的职权审议或审查、决定有关各项议案。

（4）讨论通过有关涉及职工利益和提案工作报告。

（5）讨论通过大会决议。

（6）应提交职工代表大会评议、通过的其他内容。

职工代表大会闭会后，各部门职工代表要认真组织本部门职工讨论贯彻落实大会决议的具体措施和方案，工会要做好督促和落实工作。

五、年度职工代表大会

按照局工会的要求，我处每年都要在本年度末或下年度初召开一次职工代表大会，总结上年度工作，部署下年度工作。

（一）组织领导

成立筹备工作领导小组，列出日程安排表，如表 6-1 所示。

表 6-1　年度职代会日程安排表

日期	阶段	主要工作内容
月　日—月　日	组织学习 提案征集	① 组织职工代表学习 ② 开展提案征集活动
月　日—月　日	文件材料准备	① 各种文件材料准备 ② 各种会务准备
月　日—月　日	组织讨论 召开会议	① 组织讨论，召开预备会议 ② 召开正式会议

（二）有关要求

（1）会议文件准备不充分不开会，没有经过职代会讨论的事项不表决，职工代表未表决的事项不实施，职工代表大会不流于形式。

（2）确保按期开会，确保职工代表讨论时间，确保职工代表的发言机会和提案权，确保无记名投票的表决方式。

（3）提高职工代表大会质量。

（三）加强职工代表的培训学习教育

由处工会负责印发职工代表学习材料，由各代表小组负责组织职工代表进行有关民主管理方面知识的学习，提高职工代表的民主政治素质和工作水平。

（四）各阶段工作安排及责任分解

1. 提案征集阶段

（1）责任人：工会、各职工代表小组。

（2）职工代表培训：印发资料，组织学习。

（3）职工代表提案征集：发放征集通知及职工代表提案征集表（见表6-2），组织提案征集，汇总归纳提案（见表6-3），形成有效提案（见表6-4）报职工代表大会筹备工作领导小组。

表6-2　职工代表提案征集表

年　　月　　日　　　　　　　　　　　　　　　　　编号：

提案人	姓名		附议人	姓名	
	单位			姓名	
	职务			姓名	
提案内容					
提案名称					
提案理由或根据					
整改建议					
审查意见					
办理单位意见					

说明：一事一案，一表只填写一个提案，可多人提案。提案审查意见由大会主席团确定。

表 6-3 职工代表提案汇总表

编号	提案人	附议人	
001			
002			
003			
004			
合计			

表 6-4 有效提案及有价值合理化建议汇总表

年　月　日

分类	序号	提出人	内容	附议人
提案				
合理化建议				

2. 会议文件材料准备阶段

（1）起草处行政工作报告，行政办公室落实。

（2）起草处财务工作报告，财务科落实。

（3）起草涉及职工切身利益和上次职代会提案落实情况的报告，工会落实。

（4）起草工会工作报告，工会落实。

（5）本次职工代表大会提案情况的说明，工会落实。

（6）职工代表讨论情况及预备会议的情况说明，工会落实。

（7）起草审议通过"四个报告"的各项决议，工会落实。

（8）起草预备会议议程、参加正式会议人员名单，工会落实。

（9）起草会议议程、主持词、领导讲话、致辞、表决票等材料，工会落实。

3. 组织讨论、召开会议阶段

（1）组织讨论，召开预备会议，各职工代表小组落实。

（2）邀请有关人员观摩指导职工代表大会，召开正式会议，大会主席团负责。

（六）年度职工代表大会会议议程

1. 预备会议议程

（1）传达学习局工会关于开好年度职工代表大会的通知和《职工代表知识手册》。

（2）学习、讨论、修改四个报告。

（3）听取本次职代会职工代表提案情况的汇报。

（4）讨论确定正式大会的召开时间和议程。

（5）讨论通过大会主席团人员名单，选举大会执行主席。

（6）推荐选举监票人、计票人名单。

（7）审议通过列席会议人员名单、工作人员名单。

2. 正式会议议程

（1）报告到会人数，宣布开会。

（2）全体起立，奏国歌。

（3）宣读处党委致辞。

（4）处长作行政工作报告。

（5）主管副处长作职工代表提案落实情况和涉及职工切身利益的工作报告。

（6）财务科长作财务工作报告。

（7）工会主席作工会和职工代表大会工作报告。

（8）工会主席对本次职工代表大会提案情况及预备会议情况进行说明。

（9）无记名投票审议表决处工作报告、提案落实情况报告、财务工作报告、工会工作报告。

（10）宣读投票结果。

（11）宣读会议决议并进行举手表决。

（12）职工代表发言。

（13）嘉宾代表发言。

（14）局工会主席讲话。

（15）局领导讲话。

（16）处党委书记作大会总结讲话。

（17）奏国际歌，宣布大会闭幕。

（七）会议文件

（1）主持词。

（2）大会致辞。

（3）处行政工作报告。

（4）提案落实情况报告。

（5）财务工作报告。

（6）工会和职工代表大会工作报告。

（7）预备会议及提案情况说明。

（8）职工代表发言。

（9）会议决议。

（10）领导讲话。

（11）大会总结讲话。

（12）表决票、计票报告单、计票统计表（见表6-5、表6-6、表6-7）。

表6-5　职工代表表决票

表决内容	同意	不同意	弃权
处行政工作报告			
提案落实情况和涉及职工利益的其他工作报告			
处财务预算执行情况的报告			
工会、职工代表大会工作报告			

说明：请在"同意"、"不同意"、"弃权"相应意见栏下画圈，三项只能选一项，多选无效。

表6-6 职工代表表决计票报告单

> 按照职代会程序，经过大家的认真投票表决，计票统计情况如下：
> 共发表决票　张，收回表决票　张，作废票　张，符合职代会规定。
> 其中，对　处长所作的《处行工作报告》同意的　张，不同意　张，弃权的　张；对处《年度财务预算执行情况及年度财务预算安排的报告》同意的　张，不同意的　张，弃权的　张；对《涉及职工利益及上次职代会提案落实情况的报告》同意的　张，不同意的　张，弃权的　张；对《工会工作报告》同意的　张，不同意的　张，弃权的　张。报告完毕。
>
> 监票人、计票人（签字）：

表6-7 职工代表表决计票统计表

表决内容		得票数
处行政工作报告	同意	
	不同意	
	弃权	
提案落实情况和涉及职工利益的其他工作报告	同意	
	不同意	
	弃权	
处财务预算执行情况的报告	同意	
	不同意	
	弃权	
工会、职代会工作报告	同意	
	不同意	
	弃权	

计票人：（签字）

第二节　合理化建议活动

一、主要方式

每年的合理化建议活动，经过处党委研究确定活动日期、时限、形式、内容，由处工会具体牵头组织落实。具体操作主要通过五种途径开展合理化建议活动。

（1）年初利用职代会期间职工代表提案的有利时机，在职工代表中开展合理化建议活动。

（2）每年9月至11月在全处范围内开展合理化建议征集活动。

（3）处领导班子成员每季度一次深入闸站基层，开展调研活动，实施现场办公。

（4）通过"意见箱"、内网等载体常态化征求职工的意见或建议。

（5）安排职工代表、党员代表每年两次列席有关处党政工作会议，接受监督。

二、基本步骤

（1）由处党群办向处属各部门发放合理化建议征集表，由各部门组织职工填写征集表，并按通知要求在规定时间内将征集表交到处党群办。

（2）处属各部门将职工合理化建议征集表上报到处党群办后，由处工会负责逐条进行分类归纳汇总，形成全处合理化建议总表。

（3）归纳汇总后，处党委召开专门会议，组织有关人员对全部合理化建议进行筛选，确定可行性合理化建议，听取建议人所提合理化建议的说明，予以采纳，明确落实牵头领导、责任部门及责任人。

（4）针对被采纳的合理化建议，处党政领导班子召开专题会议，从中选出优秀的合理化建议，分别设立奖项予以表彰奖励，并张榜公布，发挥激励作用。

第三节　民主监督与管理有关规定

按照相关政策、法律法规，结合实际，处党委对全处进一步加强民主监督、民主管理，深化党务、处务公开规定如下。

一、组织领导

（一）运行机制

党务、处务公开，始终要在党委领导下进行，建立党委统一领导，党政共同负责，工会与有关部门合力推进，职工群众全员参与的运行机制。

（二）建立组织

1. 党务、处务公开领导小组

（1）领导小组。

组长：处党委书记。

成员：主管处领导、各部门主要负责人。

办事机构：下设办公室，挂靠在处党群办。

（2）领导小组职责。

1）负责党务、处务公开组织领导工作，规划、公开方案的制定，重大问题的协调、指导及检查、考核、评比。

2）领导小组办公室要在领导小组的领导下进行工作，负责文件的起草、方案的实施、监督、指导，以及信息反馈等日常工作。

2. 党务、处务公开监督小组

（1）领导小组。

组长：处纪委书记。

成员：各党支部书记、工会主席，部分职工代表。

办事机构：设在党群办。

（2）监督小组职责。

1）根据有关政策规定，监督检查公开工作中各职能部门所负责的公开事项是否真实、全面，公开是否及时，程序是否合法，职工反映的问题是否得到解决等。

2）负责组织职工群众对党务、处务公开工作进行评议，并将职工群众的意见反馈给有关部门，加强督促落实。

3）对职代会依法作出的决定、决议进行督促落实。

3. 例会制度

（1）党务、处务公开领导小组每半年召开一次会议，听取工作汇报，分析工作情况，部署阶段性工作。

（2）领导小组办公室每季度召开一次会议，检查、总结党务、处务公开工作的运作情况，提出建议。

（3）监督小组每季度召开一次会议，就监督的具体事宜进行布置。

4. 议事机制

为使党务、处务公开落到实处，保障党员群众、职工依法行使民主监督、民主管理权利，通过建立和完善党内监督制度、职工代表大会制度、处领导联系点制度、职工代表巡视检查制度，召开座谈会、公开例会等多种形式组织党员、职工议事，参与民主决策，实行民主监督、民主管理。

二、基本原则

（1）依据党的方针政策和国家法律法规公开实施。

（2）公开的内容应当真实、可信、及时，公开的结果应当客观、公正。

（3）公开应突出重点，讲求实效。

（4）两个公开相结合，与工作目标考核相结合。

（5）公开应与实际情况、职工群众的要求相结合。凡需要职工参与的、需要职工监督的和关系职工切身利益的事项，除涉及机密的事项外，均须公开，做到全面、真实、准确。

（6）有利于安全输水和单位改革发展稳定的原则。公开事项要与推动单位科学发展方向相一致，要有利于调动干部、职工的积极性。

三、党务、处务公开的形式和方法

（一）主要程序

事前公开——征求意见；决策公开——民主讨论；结果公开——接受监督。

（二）党务、处务公开的形式

1. 党员大会、职工代表大会制

每年召开一次党员大会和职工代表大会，对需要公开的党务、处务事项进行公开。

2. 领导干部联系点制

通过领导干部联系点，定期听取职工的意见和建议，收集职工的反映。

3. 建立党委会、处务会、党政工联席会纪要通报制

通过信息简报及时通报会议纪要，使职工及时了解公开情况。

4. 建立党员代表、职工代表列席会议制

在公开内容允许范围内，吸收党员代表、职工代表每季度列席参加处

党委会议、处务工作会议一次，旁听会议议程，感受议事决策、民主程序。

5. 宣传报道制

通过信息简报、公开栏、宣传橱窗，加大党务、处务公开宣传、公示力度，要通过内网及时传达到各个基层泵站，不留死角、盲区，使全体职工都能随时了解情况。

6. 建立绿色通道

在内网开辟民主监督、民主管理网页，设立公开专栏和听取职工意见或建议邮箱，以便更直接、更便捷地了解职工的所需、所想、所求、所言。

四、公开时限

党务、处务公开的时限要与公开的内容相适应。按照"尽早公开，公开时间尽量长"的要求规范公开时限。

1. 固定公开

主要把政策措施、文件规定、审批事项、工作程序，以及办事机构等具有稳定性的内容在公开栏中公开，如遇修订、调整，应当及时更新。

2. 定期公开

主要指在一定时期内相对稳定的常规性工作，要根据实际情况确定更新周期。一般为每半年更换一次，每季度微调一次。

3. 逐段公开

主要指动态性、阶段性工作。

4. 即时公开

主要临时性、应急性工作，如干部考察预告、任前公示等内容，应当设定一定的机动板块，根据情况及时进行公开。

五、公开内容

（一）党务公开

（1）处党委的重大决策、决定、决议等。
（2）领导班子的自身建设情况。
（3）干部人事制度改革。
（4）领导干部廉洁自律规定执行情况。

（5）组织建设情况。

（6）多数党员群众认为有必要公开的非保密的党内其他事项。

（二）处务公开

（1）年度处工作报告、财务工作报告、职工代表提案落实情况报告。

（2）单位发展规划和重大改革方案及执行情况。

（3）工程建设进度、工程管理考核情况。

（4）职工教育培训规划及执行情况。

（5）业务招待费、公务电话费、车辆管理费、办公费使用情况。

（6）民主评议中层以上干部的评议方案和评议结果；选拔任免干部和专业技术职称评聘情况。

（7）新职工招聘、岗位调整、工人晋级、考核形式、考核和评聘结果。

（8）工资调整、奖金分配方案；奖金收入的考核情况、奖励依据、分配结果。

（9）领导干部党风廉政建设情况。

（10）基建工程、维修项目预算和决算及其设备、材料的招投标，大宗物资采购、闲置废旧物资处理的招标结果。

（11）福利基金的使用情况、职工医疗费的使用情况。

（12）合理化建议落实情况。

（13）涉及职工切身利益需要公开的其他事项。

第七章 工会工作

7

第一节　工会日常管理

工会日常管理工作包括工会财务管理、文娱活动场所管理、工会档案管理等。日常工作由工会管理岗负责。

一、工会财务管理

财务主要负责工会经费收缴和上缴、会员会费收缴、财务预决算、收支记账、印章管理等工作。

1. 工会经费提取

按职工工资总数 2‰的比例提取。我处工会经费提取每季度一次，经主管处领导批准后从处财务科支取。

2. 上缴工会经费

按处工会经费的 40％上缴局工会。我处工会经费按局工会核定的金额和要求，每年分两次交清。

3. 财务预决算

每年年初在上年度决算数的基础上，对下年度工会财务进行预算，然后由处工会经费审查委员会审查通过后报局工会。

4. 会员会费

按会员职工资 5‰的比例提取。我处经局工会同意，每月按一定金额由处财务科从会员职工资中代扣会员会费。

5. 收支记账

包括工会财务收入、工会各项活动费、开支记账。我处工会财务收入除了经费收入、会费收入外，还包括处行政有关工会活动拨款、补助，以及上级工会补助和存款利息等。暂收暂付款不列入工会财务收支。工会财务记账原始票据除了有经手人签字外，还必须有工会主席签字才能入账。

6. 印章管理

印章包括工会公章、工会财务章、工会法人章，使用工会印章必须经工会主席批准。

二、文娱活动场所管理

我处职工文娱活动场所包括篮球场、职工书屋、台球室、职教室等。主要管理内容有以下四点。

（1）保持环境卫生整洁。

（2）职工书屋每周一、周四下午定期向职工开放，但职工可以随时借阅图书。

（3）卡拉 OK 厅、台球室在业余时间随时向职工开放。

（4）职工培训、职工活动和召开会议时，做好职工教室的卫生工作及布置会场工作。

三、工会档案管理

工会档案包括工会组织建设、职工代表大会、职工素质工程建设、送温暖活动、合理化建议活动、职工文娱活动、评选先进、职工之家等方面的文档。

档案管理的主要工作内容包括以下五项。

1. 分类建档

按照工作内容将文档分门别类的存档，要辨明标签，摆放整洁，分出次序。

2. 随时归档

把发生的事项及时、真实地记录下来，形成文档，及时存档。

3. 整理文档

按照文档的实效性，每年一次对文档进行整理，对超出实效或没有存放价值的文档及时进行清理，确保新文档的存放空间。

4. 备份电子文档

电子文档要与档案完全吻合，不允许有任何偏差。

5. 档案整理记录

每次档案整理必须有详细记录，并将整理结果形成书面材料，报工会主席审定后存放。

工会管理流程如图7-1所示。

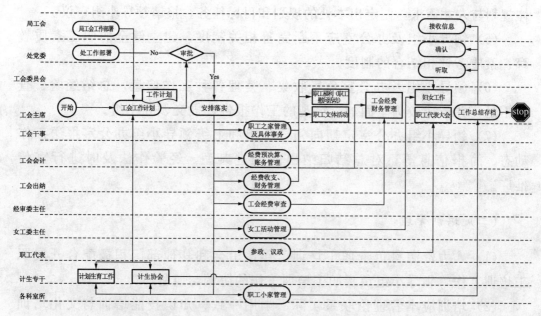

图 7-1　工会管理流程

第二节　职工素质工程建设

一、组织体系

我处职工素质工程包括职工学习培训、职工书屋建设、知识竞赛、技术比武、技改技革、合理化建议等。

（一）组织管理

（1）建立处党委统一领导、行政主要负责、工会组织实施、各部门密切配合的领导体制和工作格局，为实施职工素质工程提供组织保证。

（2）建立职工素质工程领导小组。处党委书记任组长，党委副书记任副组长，成员为党群办、行办、人事、工管科等部门主要负责人。素质工程领导小组办公室设在党群办。

（3）领导小组负责实施本处职工素质工程规划，制定目标任务，指导、督促检查本处工作落实情况。

（4）领导小组办公室依据上级组织制定的素质工程规划、目标任务，结合我处前一阶段工作落实和任务完成的情况，以及今后一段时期本处发展整体规划与人才需求，制定出本处的规划和目标任务，报请领导小组审议。

（5）领导小组及办公室应不断完善相关制度，建立健全的职工素质教育、素质考评相结合的制度。

（6）领导小组及办公室负责收集、整理各种工作信息，总结经验、查找不足，并形成较为全面的、客观的工作报告，提交领导小组。

（7）领导小组办公室定期向领导小组和上级领导小组办公室报送工作动态、简报信息等；对总结归纳出的先进典型、经验作法及时进行宣传推广。

（二）培训管理

（1）人力资源科负责职工培训工作，工会和其他部门积极配合开展职工培训工作，领导小组负责职工培训工作的协调与监督。

（2）培训应本着理论联系实际、学用一致、知识技能培训与文化培训兼顾的原则，以及普遍培训和重点提高相结合，拾遗补缺与潜能开发、创新能力培训相结合，严格考核与择优奖励的原则。各部门按照处职工素质工程规划和年度任务分解指标，编制年度培训计划。领导小组负责审议培训计划，由人力资源科、工会及有关部门负责组织实施。

（3）人力资源科按照培训计划，安排职工进行岗前、在岗、转岗、晋升、专业培训，并作好培训过程记录。工会负责加强职工的思想道德和职业道德教育，并围绕生产关键和薄弱环节，协调组织开展群众性技能培训、技术比武、技术创新等活动，并作好工作记录。领导小组办公室负责将职工参加技术培训、考核和比武情况记入职工素质档案，对教育培训工作情况进行分析，找出存在的不足和问题，形成工作报告提交领导小组审议；并将领导小组提出的改进意见形成书面文件，经领导小组负责同志批准后，下发至各部门，并对其落实情况进行跟踪检查。

（三）档案管理

（1）通过对职工素质档案的建立和使用，增强职工素质工程实施的有效性和针对性。

（2）职工素质档案管理适用于对全处各部门、闸站、班组建立和使用职工素质档案的控制。领导小组办公室负责职工素质档案的建立和管理，定期对建档工作进行指导、监督和检查。

（3）职工素质档案包括的内容较为全面，要能够客观反映出职工的思想道德修养、职业道德水平、文化层次、技术能力、培训经历、发展意向、工作状态，以及绩校考核等综合情况。领导小组办公室负责将评估卡内容输入微机，施行动态管理，定期进行内容更新，并及时报送上级组织。

（4）领导小组办公室应结合职工素质档案（见表 7-1），逐步在本单位内建立起社会化认证与职工自我评估相结合的职工素质测评机制，作为单位内部职工培训、晋级晋职、评先选优和人才交流的参考数据。

表 7-1　职工素质档案表

姓名	年龄	性别	学历	岗位	政治面貌	职称	思想道德	职业道德	业务能力	培训经历	工作状态	绩效考核	发展意向	综合素质

（四）目标评估管理

（1）职工素质工程领导小组，负责考核评估职工素质工程目标管理实现情况。领导小组办公室负责管理、监督、考核评估工作。

（2）领导小组办公室负责工程目标管理实现情况考核评估工作的责任。

（3）领导小组成员应为经过目标管理科学方法的培训，具有一定管理素质的人员。考核小组成员应公正、客观、全面地反映考核组织的真实情况。

（4）考评小组应提前5个工作日通知被考评部门做好准备，明确被考评单位将目标管理、实现情况的依据、记录分别收集、整理好，以便提供检查。

（5）考评小组对上述计划的实施落实情况进行评估打分，负责整理《目标管理考评表》和调查工作记录，并形成书面评估意见，提交领导小组办公室审核。

（6）领导小组办公室负责审核评估结果，并以评估工作报告形式报请领导小组审批，通过后下发目标管理评估报告。

（7）领导小组办公室负责将职工素质工程目标管理考核评估工作报告及时上报上级主管部门。

（五）激励机制

依据市水务局《职工素质工程目标管理评估体系》，以职工素质档案为基础，把职工技能和素质的提高作为岗位竞聘、工资晋级、职称评定、评先评优的重要资质条件，形成培养、考评、使用、待遇相结合的职工素质管理制度，达到学习——激励——再学习——再激励的良性循环；有效利用奖励资金，对于在学习上表现出色，并且学有所成、学有所用、学有所为，在工作上有突出贡献的职工，按照规定给予精神和物质奖励，以激发全体职工学习理论、钻研业务、掌握技能的积极性和主动性。

尔王庄管理处职工素质状况评估卡如表7-2所示。

表 7-2　尔王庄管理处职工素质状况评估卡

基本情况	姓名		出生日期		性别		民族		照片
	政治面目		婚姻状况		职业				
	职务/职称		参加工作时间		联系电话				
思想素质	遵纪守法和各项规章制度（√）				职业道德（√）				
	模范遵守		能够遵守	有差距	良好		一般		差
	政治学习（√）				参加社会公益活动（√）				
	积极参加		能够参加	很少参加	积极参与		能够参与		很少参与
文化知识水平	文化程度		学位		毕业时间		所学专业		
	毕业院校				外语语种		外语水平		
	计算机操作水平			证书名称			等级		
技术技能水平		岗位/工种	掌握程度		技术等级		证书名称		
	本岗技能								
	第二技能								
	第三技能								
爱好特长									
	体能素质		优秀		良好		合格		

获　奖　情　况			
获奖日期	奖项	奖级	授奖单位

对自己今后工作、学习等方面的发展方向

本人签字	日期
本部门意见： 负责人签字　　　　日期	领导小组意见： 盖章　　　　　　日期

第三节　职工文体活动

一、文艺类活动

（一）活动方法

（1）按照处党委和上级工会的安排部署，结合本处工作实际，有重点地开展群众性文艺活动。

（2）工会下发活动通知，在全处职工范围内进行宣传发动。

（3）各基层部门按照工会要求具体实施。

（二）活动内容

活动主要采取文艺联欢的方式，主要包括歌曲类、舞蹈类、语言类、曲艺、器乐演奏等形式。

（三）活动要求

（1）活动要做到发动广泛、全员参与。

（2）所有报名节目内容要健康向上、风格鲜明、时代感强。

（3）调动职工的创作积极性，鼓励职工自编自演节目，结合我处工作实际，展现水利人风采。

二、体育类活动

（一）活动方法

（1）处工会按照局工会工作部署结合本处实际制定具体的活动方案，其中包括活动内容、时间、地点、方式等。

（2）处工会下发活动通知，在全体职工中进行广泛发动。

（3）各中层单位按照活动方案具体组织职工报名。

（二）活动内容

（1）冬季长跑运动会。

（2）趣味运动会、拔河、跳绳（集体、个人）、踢毽等。

（3）迎春游艺活动。

（4）足球、台球、乒乓球、篮球等。

（三）活动要求

（1）根据我处一线职工较多、常年倒班运转的工作特点，为此活动的开展要有针对性地向一线职工靠拢。

（2）球类活动要从中选拔出优秀选手，为参加局级比赛打好基础。

三、绘画、书法、摄影

（一）活动方法

（1）成立书法、绘画和摄影协会。

（2）按照局工会通知要求，组织职工报名参赛。

（二）活动内容

（1）书法类：毛笔、硬笔书法等。

（2）绘画类：国画、漫画、油画、水彩画等。

（3）摄影（像）类。

（三）活动要求

（1）书法类的参赛作品主要围绕诗歌、名句、水利精神等。

（2）绘画类的参赛作品要展示祖国和天津日新月异的面貌，以及重点工程、人物风采。

（3）摄影类的参赛作品以展示本市、本单位精神风貌及职工生产生活、工作、学习等为主题，利用摄录器材充分展现职工饱满的工作热情，敢于拼搏、甘于奉献的精神。

（4）手工类参赛作品的生活气息要浓，作品要精致，有品味、有创意。

表 7-3　党群办××××年工作分解表

序号	内容	责任人	完成时间
1	① 制订新一年工作计划 ② 召开党务公开大会 ③ 慰问困难职工和退休人员	主任岗 主任岗 副主任岗	1月
2	① 召开年度总结表彰大会 ② 举办红色歌曲演唱会	主任岗 青年管理岗	2月
3	① 召开职工代表大会 ② 开展三八妇女节纪念活动 ③ 在全处职工中开展"读一本好书"活动 ④ 组织本部门业务培训	副主任岗 副主任岗 主任岗 主任岗	3月
4	① 围绕安全输水，在全处开展一次主题教育活动 ② 开展党员奉献日活动 ③ 开展五四青年节纪念活动	主任岗 主任岗 青年管理岗	4月
5	① 开展职工趣味运动会 ② 开展合理化建议征集活动 ③ 组织职工生殖健康检查	副主任岗 副主任岗 副主任岗	5月
6	① 在全处开展双"五好"评选活动 ② 组织本部门业务培训 ③ 召开庆七一总结表彰大会	主任岗 主任岗 主任岗	6月
7	在全处开展以"党在我心中"为主题的知识竞赛活动	主任岗	7月
8	① 举办党员及入党积极分子培训班 ② 开展八一建军节纪念活动	主任岗 副主任岗	8月
9	① 组织本部门业务培训 ② 组织职工篮球比赛 ③ 开展重阳节关心老同志活动	主任岗 副主任岗 副主任岗	9月
10	① 召开保安全输水研讨会 ② 开展党员奉献日活动 ③ 开展国庆纪念活动	主任岗 主任岗 主任岗	10月

续表

序号	内容	责任人	完成时间
11	① 组织本部门业务培训 ② 开展合理化建议征集活动	主任岗 副主任岗	11 月
12	筹备年度职代会	副主任岗	12 月

四、职工书屋建设

(一) 职工书屋借阅制度

(1) 职工书屋所有图书、报纸、杂志及电子音像制品，只供本处职工阅读，为职工统一发放借书证，实行凭证借书、免费借阅制度。

(2) 借阅图书每次最多借阅两本，借阅时间一次不得超过四周，延长借阅时间需办理续借手续，到期不还视为职工个人所有，按现书价三倍从工资中扣除书款。

(3) 要爱护图书，凡对图书损坏、涂抹造成不能正常阅读的，根据图书定价三倍罚款。

(4) 报纸、杂志、电子音像制品仅限职工书屋内阅览。阅览者要保持室内卫生清洁，禁止吸烟和乱扔杂物，严禁将易燃易爆物品带入书屋内。

(5) 周一、周四晚 6 点 30 分至 10 点为书屋开放时间，其他时间职工可以随时借阅图书。

(6) 职工书屋由工会管理岗负责。

(二) 电子阅读管理制度

(1) 职工凭借书证在图书室的计算机上网阅览，阅览时间最长不得超过 2 小时。按照先后次序进行编号，坚持免费上机、轮换上机的原则。

(2) 职工书屋内的计算机等相关设备，由信息科协助职工书屋管理人员维护、管理。书屋内要保持卫生、安静，不得大声喧哗、随地吐痰、乱扔杂物。

(3) 职工应按照要求操作计算机，不得擅自增加、删除应用软件，不得擅自更改相关系统设置；不得利用计算机进行非法行为，在结束上机离开阅览室前，应关闭所有应用程序。

(4) 管理人员要建立"电子阅读管理手册"，正常记录每天的开放情况。梅雨季节和多雨天气每天至少开机 2 小时通电驱潮，以确保设备完好。

（5）职工上机过程中如出现故障，应请管理人员负责解决。上机前应检查设备是否完好，如有问题应立即向管理人员说明，否则一经发现设备损坏，将由正在操作者负责赔偿。

（三）流动职工书屋管理制度

（1）流动职工书屋为处属泵站所、滨海一所、滨海二所、渠库所等基层站点图书读物定期进行配置和更换。

（2）处职工书屋每半年为上述部门添置、更换新图书。要充分发挥"职工读书角"的作用，确保每个"职工读书角"藏书量不少于100册。

（3）要以"职工读书角"为阵地，在职工中每年开展一次读书知识竞赛、读书演讲、读书会、读书笔谈、交流等活动，努力为职工提供健康向上、丰富多样的精神文化食粮，掀起读书热潮。

（4）流动图书的借阅，要严格按照我处《职工书屋借阅制度》的规定执行。各部门要站在提升职工素质、确保安全输水的高度，大力加强流动图书管理，确定专人负责，保证流动图书无丢失、无毁坏；保证图书流通科学规范有序，新配置的流动图书及时分类、编目和著录，及时上架入柜；保证职工人人能够读到书、读好书。年终处职工书屋建设领导小组将对"职工读书角"的读书情况和藏书状况进行全面检查和考核，检查和考核结果将在全处范围内进行通报。

图书管理流程如图7-2所示。

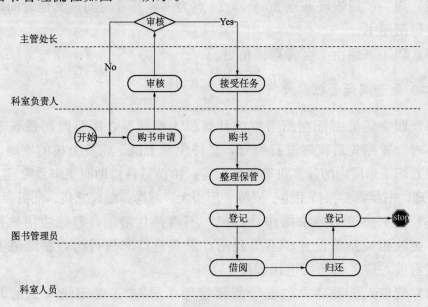

图 7-2　图书管理流程

第四节 工会换届选举

我处工会每一届任期五年，期满后，要进行换届选举。换届选举按照以下程序进行。

一、提出换届选举请示

1. 向处党委提出换届选举的请示

行文格式如下。

处党委：

我处工会第×届委员会和第×届工会经费审查委员会，于××××年××月同时选举产生，至今已任期五年。根据《工会法》和《中国工会章程》的规定，均任期届满。按照局工会的通知要求，拟定××××年××月××日上午组织召开我处工会第×次会员代表大会，选举产生处工会第×届委员会和第×届工会经费审查委员会，经民主选举、推荐，建议推荐工会委员候选人×人，差额选举×人；经费审查委员候选人×人，等额选举×人（建议名单附后）。

特此请示，请批复。

引滦工程尔王庄管理处工会
年　月　日

2. 向局工会提出换届选举的请示

行文格式如下。

局工会：

尔王庄管理处工会第×届委员会和第×届工会经费审查委员会，于××××年×月同时选举产生，至今已任期五年。根据《工会法》和《中国工会章程》的规定，均任期届满。按照局工会的通知要求，拟定××××年××月××日上午组织召开我处工会第×次会员代表大会，选举产生尔王庄管理处工会第×届委员会和第×届工会经费审查委员会，经民主选举、推荐，建议推荐工会委员候选人×人，差额选举×人；经费审查委员候选人×人，等额选举×人（建议名单附后）。

特此请示，请批复。

引滦工程尔王庄管理处工会

年　月　日

二、制定换届选举工作安排

（一）成立换届选举工作小组

组长：主管工会工作处领导。

副组长：工会主席。

成员：党群办主任、工会管理岗人员、工会委员。

（二）下发工会换届选举通知

各项工作准备就绪后，处工会向全处下发换届选举通知，通知格式如下。

处属各部门：

我处工会第×届委员会和第×届工会经费审查委员会，于××××年××月同时选举产生，至今已任期五年。根据《工会法》和《中国工会章程》的规定，均任期届满。经请示处党委和局工会，拟定××××年××月××日组织召开我处工会第×次会员代表大会，选举产生处工会第×届委员会和第×届工会经费审查委员会，望各部门按照有关要求认真组织本单位职工选举参加会员代表大会的代表，并于××××年××月××日前将选举产生的会员代表名单报处工会，届时参加会议。

特此通知

引滦工程尔王庄管理处工会

年　月　日

（三）选举会员代表

依据《工会法》有关规定，按会员总数的20％以上比例民主选举产生参加换届选举会议的会员代表。按在岗会员人数计算：会员总数×20％＝会员代表。针对我处实际，可以选举产生××名会员代表。目前，我处有职工代表××人，可以同时具备会员代表的资格，这样还需要选举产生××名会员代表。名额拟分配如下：处领导×人，机关各科室所×人。由处属各部门组织选举本部门的会员代表。

（四）工会委员会委员、经费审查委员会委员候选人名单及选举办法

（1）按照《基层工会委员会会员选举制度》的规定，结合我处实际，我处可设工会委员×人，候选人×人；经费审查委员候选人×人。

（2）工会委员实行差额选举，经费审查委员实行等额选举。各委员候选人经各科、室、所、中心民主推荐，上届工会委员会综合后提出建议名单，报处党委和局工会审查同意后提交会员代表大会通过进行选举。

（3）在当选委员中选举产生工会主席、经费审查委主任。工会主席由处党委与局工会协商确定候选人名单，经工会委员会等额选举产生。经费审查委主任由处工会委员会提出候选人名单报处党委、局工会经费审查委审查确定，由经费审查委员会等额选举产生。

（五）产生大会主席团成员

（1）在征求各部门意见的基础上，拟定主席团推荐名单。
（2）报处党委审核。
（3）会员代表举手表决通过。

（六）确定会议召开日期

日期确定后，报处党委审定，向各部门发出开会通知，大会主席团主持会议。

三、推荐、选举产生候选人

会员代表选举产生后，分组选举推荐各部门工会委员、工会经费审查委员候选人，处工会汇总后报处党委和局工会审核，审核通过后向会员代表反馈。

表 7-4　工会委员候选人推荐名单及其基本情况

姓名	性别	年龄	民族	政治面目	参加工作时间	职称	所在单位	现岗位（职务）

说明：候选人按姓氏笔划为序。

表 7-5　工会经费审查委员候选人推荐名单及其基本情况

姓名	性别	年龄	民族	政治面貌	参加工作时间	职称	所在单位	现岗位（职务）

四、召开大会

（一）大会议程

（1）宣布开会。

（2）报告与会人数。实到会员代表必须超过应到会员代表三分之二以上，否则不能视为有效选举。

（3）举手表决通过会议主席团成员。

（4）举手表决通过监票人、计票人名单。

（5）举手表决通过工会委员候选人、经费审查委员候选人名单。

（6）由监票人检查投票箱，计票人分发选举票，进行投票选举工会委员、经费审查委员。

（7）宣读填写选举票的说明（附后）。

（8）宣读选举办法。

（9）计票统计，报会议主席团，宣读选举结果。

（10）处党委书记宣布当选结果并讲话。

（11）闭会。

（二）会议主持词

主持词格式如下。

各位代表：

我处工会第×次会员代表大会现在开会。

今天大会应到会员代表××人，实到代表××人，超过应到代表的三分之二，符合规定，可以开会。另外，我们特别邀请了上届工会委员×××、×××、×××、×××等同志作为特邀人员列席我们的会议，他们因为年龄的关系，不再推荐为新一届工会委员候选人，对他们表示欢迎和感谢。

今天会议的任务是选举产生我处工会第×届委员会、第×届经费审查委员会。

按照会议议程，首先通过会议主席团成员名单。经会议筹备工作小组提议，报处党委审定，会议主席团由处党委书记、处长、处纪委书记、工会主席组成，执行主席×××主持会议。同意的请举手，请放下；不同意的请举手，请放下（同意的超过半数即为通过）。

下面通过监票人名单。经会议主席团提议，×××、×××同志为监票人，同意的请举手；不同意的请举手（同意的超过半数即为通过）。

经会议主席团确定，×××、×××、×××同志为计票人。

下面对工会委员候选人名单、经费审查委员候选人名单进行举手表决通过。宣读工会委员候选人建议名单。同意的请举手，不同意的请举手。通过。宣读工会经费审查委员候选人建议名单。同意的请举手，不同意的请举手（同意的超过半数即为通过）。

下面宣读选举规则：收回选票等于或少于发出选票视为有效选举。候选人必须获得到会代表半数以上的选票才能当选；若得票过半数候选人数超过应选人数以得票多的当选；若得票过半数的候选人数少于应选人数可在未当选的候选人中再行选举；若最后几名候选人得票数相等不能确定当选人，可对得票数相等候选人重新选举，以得票多的当选。

请监票人、计票人各就各位。

检查投票箱，有问题没有？没有，请分发选举票。

各位代表拿到选举票后请不要马上填写，有些具体事项需要说明一下。

现在大家手里应该有两张选票，一张是工会委员的选举票，另一张是经审委员的选举票。请代表们仔细查看选票是否多发、漏发、重发？有，请举手。没有。请大家注意选票填写的说明：①将选举意见填写在候选人姓名对应的空格内，同意的划○，不同意的划×，弃权的不划任何符号；②如不同意选举候选人而另选他人，可在"另选人姓名"栏内写上被选举人的姓名，并在其相对的空格内划○；③每张选票所选举的人数只能等于或少于应选名额，超过应选名额视为无效票。其中，工会委员应选名额为7人，经费审查委员应选名额为3人；④填写字迹要清楚、符号要准确、不得涂改。

现在请各位代表认真负责地填写选票。

填写好了，我们进行投票。投票顺序是：监票人、计票人、主席团成员、其他各位代表。

监票人投票后监督投票过程。

请监票人开启票箱，监督计票。

请计票人清点票数，认真计票。会议休息15分钟。

继续开会。请监票人宣布计票结果。

请处党委书记宣布选举结果、当选人名单并讲话。

请大家为新当选的我处第×届工会委员会委员和第×届工会经费审查委员会委员热烈鼓掌表示祝贺。

各位代表，尔王庄管理处工会换届选举会员代表会议圆满完成任务，闭会。

（三）会议文件

（1）换届选举会员代表大会会议主席团名单。

（2）监票人、计票人名单。

（3）选举票（见表7-6、表7-7）。

（4）计票单（见表7-8、表7-9）。

（5）领导讲话。

表 7-6 工会委员会委员选举票

候选人姓名	选举意见	填写 选票 说明	另选人姓名	选举意见
		① 所选举人数等于或少于 7 人，多选视为无效票。 ② 请将选举意见填写在"候选人姓名"相对应的空格内，同意的划○，不同意的划×，弃权的不划任何符号。 ③ 如不同意选举候选人而另选他人，可在"另选人姓名"栏内写上被选举人的姓名，并在其相对应的空格内划○。 ④ 填写字迹要清楚、符号要准确、不得涂改。		

说明：候选人 9 名，应选 7 名，差额 2 名。

表 7-7 工会经费审查委员会委员选举票

候选人姓名	选举意见	填写选票说明	另选人姓名	选举意见
等额选举（按姓氏笔划为序）		① 选举人数等于或少于 3 人，多选为无效票。 ② 请在相应空格内填写选举人意见，同意划○，不同意划×，弃权不划任何符号。 ③ 另选他人的请写上其姓名，并在相应空格内划○。 ④ 填写清楚、准确，不得涂改。		

说明：候选人 3 名，应选 3 名。

表 7-8 工会委员选举计票单

发出选票：　　　　　　　收回选票：　　　　　　　废票：

被选举人姓名	划　票	合计

监票人：（签字）

计票人：（签字）

年　　月　　日

表 7-9　经审委员选举计票单

发出选票：　　　　　　　收回选票：　　　　　　　废票：

被选举人姓名	划　票	合计

监票人：（签字）
计票人：（签字）
年　月　日

五、选举后的工作

（一）召开新一届工会委员会第一次会议

选举产生工会主席、经费审查委主任、女工委员会，进行委员分工，部署处工会新的工作，并形成会议纪要。将分工情况上报处党委审批。

（二）处党委向局工会报送选举结果的协商函

协商函的格式如下。

局工会：

按照《工会法》、《中国工会章程》的有关规定和局工会通知要求，我处于××××年××月××日召开工会第×次会员代表大会，进行了工会民主换届选举，就新一届工会委员会和工会经费审查委员会的组成协商如下：

选举、确定工会委员七人（按姓氏笔划为序），经工会第×届委员会第一次会议选举，拟任命×××同志为工会主席。

选举、确定工会经费审查委员三人（按姓氏笔划为序），经第×届工会经审委第一次会议选举，拟任命×××同志为工会经费审查委主任。

特此商函，请回复。

引滦工程尔王庄管理处委员会
年　月　日

（三）处工会向局工会报告选举结果及选举结果的请示

请示的格式如下。

局工会：

按照《工会法》、《中国工会章程》的有关规定和局工会通知要求，我处于×××年××月××日召开工会第×次会员代表大会，进行了工会民主换届选举，选举产生了工会第×届委员会和第×届工会经费审查委员会，结果如下：

选举工会委员七人（按姓氏笔划为序）：（名单略）经工会第×届委员会第一次会议选举并报处党委同意，×××同志当选为工会主席。

选举工会经费审查委员三人（按姓氏笔划为序）：（名单略）经第×届工会经费审查委第一次会议选举并报处党委同意，×××同志当选为工会经费审查委主任。

选举产生了第×届女工委员会委员三人：（名单略）经处工会第×届委员会第一次会议通过，报处党委同意，×××当选为女工委主任。

本届工会委员会、经费审查委员会、女工委员会任期五年。

特此请示，请批复。

引滦工程尔王庄管理处工会
年　月　日

第五节　退休人员管理

一、落实退休待遇

1. 落实退休人员政治待遇

我处现有退休人员 60 多人。多年来，我处一直坚持定期到老职工家中慰问走访，传达上级工作精神，通报本处管理情况，并随时了解老同志关注的热点问题，增进新老同志的沟通和理解。每年组织全处退休老同志参观游览，增强老同志的荣誉感和成就感，不断激励老同志保持先进性，为党和人民再作新贡献。

2. 落实退休人员生活待遇

按照上级关于建立完善离休干部离休费、医药费保障机制和财政支持机制（简称"三个机制"）的要求，我处足额发放老干部的各项费用，逢年过节，处领导班子成员带领相关科室分头行动，到退休人员家中进行入户慰问，送去慰问品和慰问金，切实把组织的关怀和温暖送到老干部的心坎上。对于患病的老职工，处党委更是关怀备至，做到"三个必须"：患病期间主管领导必须进行探视；住院治疗期间有关人员必须到场；住院治疗费用必须按规定给予帮助解决。同时，我处还时刻关注老同志的身体健康，每两年为他们进行一次健康查体，发现问题及时跟踪检查治疗。

3. 建立制度

为推动退休职工工作的健康发展，按照局党委的部署，我处制定实施了《关于进一步加强新形势下老干部工作的安排意见》，为做好老干部工作提供了有力的制度保证。

二、发挥老干部作用

老干部在长期工作实践中积累了丰富经验和智慧，他们的优良传统和作风，都值得我们认真学习和继承，对于推动我们的工作具有很强的指导作用。为此，处党委每半年至少召开一次老干部座谈会，了解他们的需求，征询他们对全处工作的意见；有关重大问题的决策，处党委虚心听取老同志的意见，本着"自觉自愿、量力而行"的原则，注意发挥老干部的"专业技术优势、联系广泛优势、政治优势和经验优势"。

老干部工作流程如图 7-3 所示。

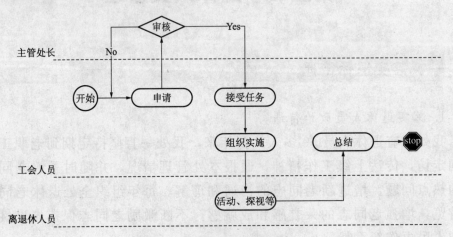

图 7-3　老干部工作流程

第八章 共青团工作

8

我处现有团员 75 人，团总支下设 4 个团支部。广大团员青年是我处各项工作的主力军，充分发挥好他们的作用是确保引滦输水的关键。

第一节　团总支工作范围与职责

一、团总支的工作范围

（1）根据处党委和上级团组织的工作部署制订全处团的工作计划。

（2）了解广大团员青年的思想动态，根据他们的思想情况，有针对性地开展共青团员的思想教育工作。

（3）负责指导、检查、评比、表彰各团支部工作，掌握各团支部的工作情况。

（4）负责团的组织建设，做好发展新团员和超龄团员的离团工作；做好团干部的考查和培训工作；做好团员证的管理和团组织情况的统计工作；负责全处团员团费的收缴、管理和使用；加强团纪教育，检查团纪执行情况，做好团内奖惩工作。

（5）负责团的宣传工作，以及团内先进典型的培养、宣传和团的队伍建设。

（6）负责全处青年文体活动的组织开展。

（7）负责全处青年社会实践活动的计划、组织、实施、总结、评比和表彰。

（8）负责维护团员青年的正当利益，了解他们的意见和呼声，发挥桥梁纽带作用。

（9）负责全处青年团员的素质拓展工作。

（10）完成处领导交给的其他工作任务。

二、处团总支书记工作职责

（1）负责处团总支全面工作，主持团总支委员会，负责执行团总支委员会的决议、决定。

（2）每年度制订处团总支工作计划，根据计划将目标责任分配到具体岗位。

（3）定期向处党委主管领导汇报团的工作，特殊情况及时汇报。

（4）经常向上级团委请示、汇报工作。

（5）随时到各团支部了解情况，掌握团员青年的思想动态，掌握基层团组织的工作状态，及时提出有针对性的指导意见，帮助开展工作。

（6）定期召开团总支例会，布置工作、提出要求、检查督促，负责传达上级会议精神。

（7）帮助团干部解决工作、学习、生活中的困难。

（8）负责团内表彰或奖励，负责团干部考核。

（9）年度末总结全年工作，制定下一年度工作要点。

三、处团总支组织委职工作职责

（1）年初制订本岗位工作计划，对团的活动、组织生活安排提出计划和建议。

（2）负责团支部组织委员的工作指导。

（3）深入团支部调查研究，发现问题及时解决。

（4）负责处级优秀团员、优秀团干部、先进团支部的评选、审批，并负责向上级团组织报告及负责先进材料的整理。

（5）起草处共青团的各项制度，并监督执行。

（6）负责团干部档案及团员团籍的管理。

（7）负责年度团员教育评议、年度注册、团干部考核、团支部考核的管理工作。

（8）负责团费收缴工作。

（9）提出对违纪团员的处理意见，并督促团支部进行处理工作。

（10）指导团支部发展新团员。

三、处团总支宣传委职工作职责

（1）了解全处团员青年的思想情况，定期制作分析报告，提出有针对性的宣传教育工作意见，制订思想教育计划，提出合理化建议。

（2）围绕处党委和团总支的中心工作，开展宣传教育工作。

（3）负责团支部宣传委员的工作指导。

（4）负责对外宣传、拓宽宣传渠道，负责向上级报送本处共青团工作信息。

（5）配合处党委做好宣传工作。

（6）组织丰富多彩的文化活动，提高团员的综合素质。

第二节　团支部工作

一、团支部的组织机构

团支部是共青团工作的基本单位。团支委会由全体团员民主选举产生，包括团支部书记、组织委员、宣传委员共三人。每两年改选一次。

二、团支部的基本任务

（1）对团员青年进行党的方针、政策教育，进行爱国主义和共产主义教育，进行艰苦奋斗的教育。

（2）组织全体团员过好组织生活，健全组织生活制度。

（3）了解和反映团员青年的思想和要求，关心他们的学习、工作和生活，及时向有关部门反映团员青年的正当要求。

（4）组织团员青年开展适合青年特点的、有意义的文化娱乐活动。

（5）对团员进行《团章》教育，健全团内民主生活，开展批评与自我批评。

（6）严明团纪，对违反团纪的团员进行批评教育，并上报系团总支，根据《团章》的有关规定，讨论对违纪团员如何给予团纪处分，并对受处分的团员进行引导和教育。

（7）做好团员发展和推优入党工作。

（8）按照《团章》规定，每季度收缴团费。

（9）办理团员因超龄或其他原因离团手续。

三、团员缴纳团费的数额标准

（1）每月工资收入在 400 元（含 400 元）以下者，缴纳月工资收入的 0.5%。

（2）每月工资收入在 400 元以上者，缴纳月工资收入的 1%。

（3）无力交纳团费的团员，经本人申请，团支部委员会批准后，可以少缴或免缴。

（4）共青团员同时又是中国共产党党员的免缴团费。

（5）团员除按规定缴纳团费外，本人自愿多缴不限。

四、团费的管理

（1）各团支部均应有专人负责团费收缴管理工作，团费由组织委员负责。

（2）各团支部应该教育团员主动地按照规定缴纳团费。各团支部必须定期向团员征收团费。对于没有正当理由，连续六个月不缴纳团费的团员，应按照《团章》规定进行教育和处理。

（3）各团支部要建立团费收缴登记簿，对团员缴纳团费的情况，要按月逐个进行登记。

（4）处团总支要建立团费收缴留用明细账（采用财物明细账本）。

（5）处团总支在收到基层团组织上缴的团费时必须开写收据，收据一式三联。

（6）团费收入、上缴、留用的情况定期向团员大会或团员代表大会报告或公布。

五、团费的使用

团组织留用的团费，主要用于团的活动和团员教育方面的必要开支，如编印、购买团员学习书籍材料；订阅团的报刊；团员、团干部培训班的费用补助等。不能把团费用于团员、团干部的生活福利，严禁用团费请客送礼。对任意扩大使用范围，铺张浪费或贪污挪用团费者，应坚决追查，严肃处理。对大额的团费开支，必须经团支部委员会集体讨论，不能由少数人决定。团费报销要凭有关单位开写的单据，并由经手人签字，不能用白条任意报销记账。

第三节 团员代表大会选举办法及程序

一、团员代表大会选举办法

（1）根据《中国共青团团章》和团中央有关规定，制定本选举办法。

（2）大会选举采用无记名投票方式。候选人按照姓氏比划为序排列。团总支委员实行差额选举。

（3）新一届团总支委员会应选名额5名，候选人的差额1名。

（4）新一届团总支委员会候选人建议名单，经各支部团员根据条件，充分酝酿讨论进行推荐。汇总各支部的意见后，由同级党委、上级团组织批准确定新一届团总支委员候选人。

（5）在正式选举时，收回的票数等于或少于发出的选票数选举有效；收回的选票数多于发出的选票数，选举无效，应重新选举。正式选举时，候选人得到的赞成票超过应到会代表的半数为当选。如果得票超过半数的候选人超过应选名额时，以得票多少为序，至取足应选名额为止；如果最后两名候选人得票相等不能确定谁当选时，在票数相等的候选人中重新投票，以得票多的当选。如果得票超过半数的候选人少于应选名额时，不足的名额可以在得票未超过半数的候选人中重新选举产生。

（6）团员在填写选票时，对所列候选人，同意的在其姓名上面的方格内划"○"，不同意的划"×"，弃权的不划任何符号。如另选他人时，请在另选人后面的空格内写上自己所要选的人的姓名并在其姓名上面的方格内划"○"。每张选票所选人数等于或少于应选人数的有效，超过应选人数的无效。

（7）大会宣布选举结果时，团总支委员按姓氏笔画为序排列并报告所得票数。

（8）会场设一个票箱。投票顺序：首先，监票人投票；其次，团总支委员、团员代表依次投票。

（9）选举监票人2名，计票人1名。监票人、计票人由处团总支集体研究决定提名，提交团代会通过。已提名作为总支委员候选人的不得担任监票人。监票人对选举全过程进行监督。计票人在监票人的监督下进行工作。

（10）团员代表大会不设流动票箱。未到会的团代表不参加投票。

（11）本选举办法由换届选举小组提出，经团员代表大会通过后生效。

二、团员代表大会程序

（1）宣布开会。

（2）宣读团员代表大会选举办法。

（3）通过选举办法。

（4）介绍团总支委员候选人产生过程、个人简历。

（5）举手通过监票人、计票人名单。

（6）投票选举新一届团总支委员。

（7）宣布选举结果。

（8）领导讲话。

（9）宣布闭会。

第九章 计划生育工作

9

第一节 基本情况

我处育龄职工所占比例较大，为加强对计划生育工作的组织领导，建立了计划生育工作联络小组，使计划生育工作逐渐走向系统化、网络化。处属中层单位全部配备了计划生育网络宣传员，做到层层有人抓、有人管，从机制上做到有保障。

处计划生育领导小组每半年召开一次计划生育工作研讨会，组织计划生育工作联络小组成员和全处计划生育网络宣传员进行学习交流，主管处领导亲自参加，保证例会质量。会后及时向处党委汇报情况，对存在的问题及时解决，确保工作的正常开展。

一、计划生育领导小组

组长：处长。

副组长：处党委副书记。

成员：党群办主任、工会主席、各党支部书记。

二、计划生育协会

会长：处长。

副会长：处党委副书记。

秘书长：工会主席。

理事：工会管理岗人员。

会员：党群办主任、各部门主要负责人。

表 9-1　计划生育领导小组研究计划生育工作记录

时间		地点		主持人	
参加人员					
研究计划 生育工作 内容					

第二节　宣传教育及有关规定

我处采取因人、因地制宜，利用多种形式，开辟多种渠道抓好计划生育宣传教育工作。计划生育活动室长期开放，宣传橱窗定期更换，同时还利用处内网络进行宣传，使职工正确树立新型婚育观念，提高婚育健康素质，自觉执行计划生育。

一、宣传教育

（1）加强新型生育文化建设，引导职工树立科学、文明、进步、健康的婚育新观念，进一步做好新生育文化家庭示范户的评选与宣传工作，促进生育文明。

（2）开展关爱女孩行动，宣传男女平等思想，宣传女儿成才、女儿养老等典型事例，落实有利于女孩和计划生育女孩户的奖励扶助制度，促进出生人口性别比的平衡和社会性别平等。

（3）开展人口和计划生育政策法规宣传与服务，实行晚婚晚育、优生优育优教，传播青春期、新婚期、孕产期、中老年期生殖健康知识，传授独生子女教育知识，提倡文明健康的生活方式，倡导家庭美德、社会公德和职业道德。

（4）采取多种形式有针对性地进行计划生育和生殖健康知识的普及工作，在育龄职工中大力宣传避孕节育、优生优育等生殖健康科学知识，提高职工的自我保健能力，促进人的全面发展。

（5）提倡健康生活方式，进一步增强职工的法制意识、道德意识，自觉抵御不良生活方式的侵蚀，保障职工的身心健康，促进单位的文明进步。

二、工作内容

为进一步提高我处计划生育工作水平，坚决防止违反国家计划生育政策行为的发生，依据有关计划生育法律法规，经处领导研究决定，我处特制定了加强计划生育重点户管理的规定。

（一）重点户范围

（1）本处女职工初婚生育第一个子女未采取长效节育措施户。

（2）本处男职工家属为农村户口，有两个女孩，并未采取绝育措施户。

（3）本处男职工家属为城镇户口，女方 40 岁以下，有一女孩且无工作单位户。

（4）本处职工离异后再婚、已有一个子女户。

（二）管理内容

1. 家访制度

对重点户每年由所在部门组织进行至少一次家访，并将家访结果及时报处党群办。

2. 情况通报制度

对重点户每季度由所在部门组织进行一次情况调查摸底，并将调查情况报处党群办。

3. 加强管理

以部门为单位，加强计划生育重点户的管理，凡重点户必须参加"双情"服务检查，适时组织重点户进行计划生育法律法规和生殖知识等方面的学习教育，定期开展计划生育宣传活动。

4. 建立档案

将重点户情况填写清楚，存入本人档案。

（三）责任追究

（1）对违反计划生育政策的个人给予经济处罚，造成严重后果的依法追究其行政责任。

（2）凡不按制度办事，对重点户未进行家访或底数不清，情况不实，管理不到位，影响我处计划生育工作的，对部门责任人按处规定给予经济处罚。

（3）对发现问题未及时解决造成后果的，按计划生育有关规定对主管部门领导追究行政责任。

第三节　计划生育工作日常管理

一、目标管理

处法人代表与市水务局、宝坻区人民政府签订计划生育目标责任书一式两份，来约束我处的计划生育工作。各部门与处签订计划生育目标责任书（一式两份），使科室与职工个人的经济利益紧密联系在一起，起到约束与激励并重的作用。

计划生育目标管理责任承包书的格式及内容如下。

尔王庄管理处××××年度

人口与计划生育目标管理责任承包书

引滦工程尔王庄管理处章：

处负责人章（签字）：

责任单位章：

责任单位负责人章（签字）：

年　月　日

尔王庄管理处计划生育目标管理责任承包内容

1. 在处党委的领导下，主要科级领导负责本部门的计划生育工作。

2. 抓好计划生育宣传，严格执行"一法三规"，做好育龄人员思想工作。重点抓好单职工家属的宣传教育，深入到户，落实到人，提高群众执行计划生育政策、法律、法规的自觉性，做到优生、优育、优教，稳定低生育水平，提高出生人口素质。

3. 抓好计划生育队伍建设，做到层层有人管，制定各级管理人员职责，信息畅通，经常听取计划生育工作的反映，出现问题及时采取措施。

4. 健全普查制度，每季度普查一次，并开具区生殖健康服务中心或乡计划生育服务站证明，育龄职工家属、女育龄职工按国家规定生育后，按法律、《条例》和有关规定，一孩百天上环，二孩百天结扎（不够40岁者），不适应者选择其他适合本人的节育措施，但需经区生殖健康服务中心或乡计划生育服务站检查，并开具不适应上环证明方可生效，否则，每月按规定扣罚奖金。如不采取上述措施的除按规定扣罚奖金，意外怀孕的在三个月以内必须采取补救措施，否则扣除科室所负责人一个月奖金。如有强行超生的除对本人按《人口与计划生育法》、《社会抚养费征收办法》、市计划生育《条例》、宝坻区计划生育《规定》处理外，本单位全体人员扣除月奖金30％，扣除科、室、所、中心负责人半年奖金。

5. 建立计划生育考核制度，做到账、卡齐全，情况清楚，措施可靠，不能有计划外出生，把计划生育纳入精神文明建设中去，在年终考核评比时，实行一票否决制。

6. 计划生育率100％，一胎率100％，晚婚、晚育率100％，长效节育率100％，综合节育率100％，节育措施及时率100％，独生子女领证率100％，婚育知识普及率100％。

说明：

(1) 此《承包书》一式两份，签订后处及所属单位各一份。

(2) 单位主要负责人如工作调离，要由继任者接替完成责任目标。

二、措施落实

避免意外怀孕和出生，确保育龄妇女的身体健康，稳定低生育水平。

三、规范化管理，建立计划生育信息系统

统一使用由局计划生育办开发的计划生育信息管理系统软件，做好全处育龄职工、新婚职工、新生儿的统计，保证信息的及时更新。

第四节 优质服务

一、生殖健康检查和"双情服务"

处工会每年组织育龄职工参加宝坻区计划生育服务站统一安排的生殖健康检查和"双情服务"，同时准确摸清底数，掌握实情，做好跟踪服务。

二、慰问工作

处工会每年按时对独生子女家庭发放独生子女费，并对生活上有困难

的家庭到户慰问，送去组织关怀。

三、计划生育咨询服务

工会管理岗及时对职工存在的生殖保健、优生优育优教、知情选择、法律、政策不清、妇幼保健等问题给予耐心细致解答，做到优质服务。

表 9-2　重点管理、服务及承包情况

承包人												管理与服务时间			
姓名	职务	姓名		女方年龄	子女数		节育措施	女方户籍地详细地址	现居住详细地址	下岗时间	联系电话	第一次	第二次	第三次	第四次
		男	女		男	女						康检	生殖健康	康检	生殖健康

第十章 日常管理

10

党群办日常工作包括精神文明建设、党务管理、纪检监察、保密工作、干部队伍建设、职工队伍建设、计划生育、文体活动、共青团工作、环境管理及资料管理等。日常工作管理水平的提高对各项工程管理工作起到积极的促进作用。

第一节 业务工作

一、精神文明建设工作

（1）每年1月10日前由主任岗制定本处精神文明建设的实施方案，由副主任岗组织落实。

（2）主任岗组织每季开展一次职工思想教育活动，了解职工的思想动态。

（3）每年1月底前由主任岗制订年度职工文体娱乐活动计划，每季度组织开展一次活动。

（4）加强职工思想道德建设，每年10月份主任岗牵头组织一次革命传统教育和法律法规知识教育。

（5）按照处党委的要求，由主任岗每年12月底前组织开展全处先进科室、先进工作者的评选活动。

（6）副主任岗负责处精神文明建设文件资料整理归档工作。

二、党务工作管理

（1）每年1月10日前由主任岗牵头完成党务工作实施方案的制定，由副主任岗组织实施。

（2）抓好各党支部班子建设，主任岗负责每季度召开一次党员座谈会，每年开展一次党员民主测评活动，每年组织一次党支部书记和委员培训班。

（3）加强党员队伍建设，做好党员的教育和管理工作，做好入党积极分子的培养工作（9月份组织）。

（4）每年的1月31日前由主任岗组织召开全处党员大会，总结全年党务工作并制订下一年度党务工作计划。负责党务公开，按照局党委工作部署组织召开党务工作会议。

（5）主任岗在"七一"前组织开展"双五好"党支部和党员的评选表彰工作。

（6）主任岗负责党务统记工作的管理，按照上级部门要求，牵头做好党员系统维护、更新工作，由管理岗人员进行统计、造册。

（7）主任岗负责处党委会议的记录和有关精神的传达落实。

（8）主任岗每年至少组织召开两次党员大会（1、7月份），提前三天做好会议的各项筹备工作，拟发会议通知、会场布置、会议资料分发，做好会议记录。

（9）主任岗负责全处党员党费的审核工作，每半年核算1次（1、7月份）并公布。

（10）按照处党委或上级部门要求，主任岗审核各类公文稿件及相关材料，管理岗负责党务文件的起草。

三、纪检监察工作

（1）主任岗配合处纪委抓好全处党员干部的党风廉政建设工作，开展示范教育和警示教育，按照处党委、处纪委的工作部署，抓好党员干部的廉政建设，1月30日前管理岗组织各部门签订廉政责任书、中层以上干部签订廉政承诺书。

（2）每季度末25日前副主任岗对各项制度执行、落实情况进行检查、监督。

四、干部队伍建设

（1）主任岗每两周（星期五上午）集中组织一次副科级以上领导干部中心组学习。

（2）年底12月31日前主任岗组织全处领导干部进行述职述廉、考核评议，以及后备干部的年度考核工作。

（3）配合处党委抓好全处科级干部的作风建设。

（4）按照处党委要求，主任岗组织全处科级干部开展多种形式的主题教育活动。

五、保密工作管理

（1）党务管理岗每年 1 月 31 日前制定保密工作实施细则，组织对全处纪检网络员进行一次保密知识的宣传培训工作。

（2）根据各部门的工作性质确定重点涉密人员，并加强重点培训，党务管理岗每年 5 月 30 日前组织涉密人员进行专题保密教育。

（3）党务管理岗负责每季度末 25 日前进行一次保密检查。

（4）党务管理岗对各业务部门的工作进行指导、监督、协调和服务，组织各部门签订保密责任书。

六、职工队伍建设管理

（1）工会主席岗负责抓好职工素质工程建设，建立职工素质工程档案。

（2）工会主席岗配合有关部门完成职工技术比武活动。

七、工会、职代会工作及文体活动管理

（1）每年 3 月底前工会主席岗组织召开职工代表大会，每 5 年组织职代会的换届选举工作。

（2）工会主席岗每季度组织召开一次工会委员会。

（3）工会主席岗负责职工书屋等活动场所的管理工作，按图书室开放时间进行检查、监督，工会管理岗人员定期开放图书室（每周一、四下午 1：30—5：00）和台球厅（每周一、四晚 7：00—10：00），丰富职工的业余文化生活。

（4）工会主席岗在重要节假日前组织职工开展歌颂党、歌颂祖国文娱活动，由工会管理岗人员具体落实。

（5）以"增强体质、全民健身"为主题，工会主席岗组织职工参加体育比赛活动，并按照局工会的要求参加局大型体育项目比赛。

工会文体活动流程如图 10-1 所示。

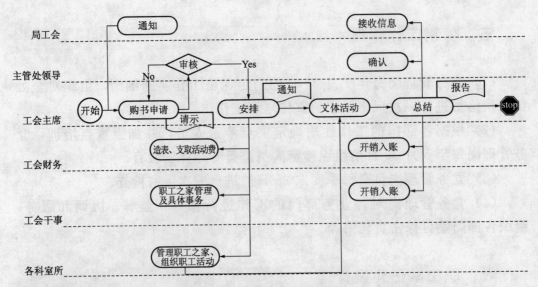

图 10-1　工会文体活动流程

八、工会经费、财务管理

（1）每月 28 日之前工会主席岗对工会经费的使用和管理进行督促、监督和审核。

（2）工会主席岗在 6 月 30 日、12 月 30 日之前核算工会经费，按规定上缴工会经费。

（3）6 月 30 日、12 月 30 日之前由工会主席岗分别组织召开一次工会委员会，并汇报半年来工会财务状况。

（4）每月底 30 日前工会管理岗人员做工会收支情况的记录工作。

（5）工会管理岗人员每季度做财务统计。

（6）每年 1 月份由工会管理岗人员组织发放独生子女费。

（7）每年春节前工会管理岗人员组织发放退休职工春节慰问费、困难职工补助、已故职工遗属慰问费。

（8）每年 12 月底工会管理岗人员填写本年度财务决算报表及下年财务报表，并上报局工会。

工会经费财务管理流程如图 10-2 所示。

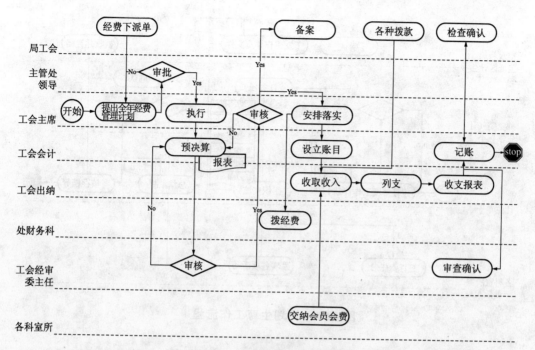

图 10-2 工会经费财务管理流程

九、计划生育管理

（1）工会管理岗每月向局计划生育办和宝坻区计划生育委上报计划生育月报表，及时整理单位每月的计划生育动态，对新婚、新生儿、领取准生证、领取独生子女父母光荣证等情况进行统计。

（2）每年 4 月份工会主席岗组织职工参加宝坻区计划生育委举办的生殖健康检查。

（3）每年 6 月份工会主席岗组织女职工参加"双情服务"检查。

（4）每年 12 月份总结本年度计划生育工作并制订下年度计划生育工作计划。

（5）每年 12 月底工会管理岗人员按照上级机关要求上报本年度计划生育综合报表。

（6）工会管理岗人员熟练操作计划生育软件。

计划生育工作流程如图 10-3 所示。

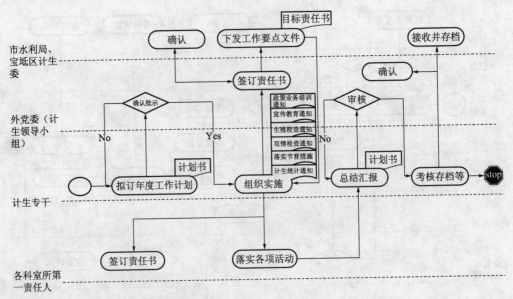

图 10-3　计划生育工作流程

十、文体设施、影像设施管理

（1）工会管理岗人员制定相应的图书室、台球厅管理制度并上墙。

（2）图书室、台球厅的卫生应保持清洁，各项设施保持良好状态，由工会管理岗人员负责。

（3）工会管理岗人员负责本部门影像器材的管理。

十一、共青团工作的管理

（一）团员青年的思想政治工作

（1）青年管理岗人员适时开展团员青年的思想政治工作，每年至少写一篇关于青年思想政治工作的调研报告。

（2）青年管理岗人员每年聘请处有关领导讲一两次党课，每年聘请有关专家开展一次法律知识讲座。

（二）团的管理工作

团的具体工作主要包括以下九点。

（1）每年2月份由青年管理岗完成新团员登记表的填写并存档。

（2）每年 3 月份由青年管理岗组织开展学雷锋义务奉献活动。

（3）每年 4 月份由青年管理岗开展团员评优工作，并将评优资料整理归档。

（4）在"五四"期间对优秀团干部、优秀团员进行评选表彰。

（5）青年管理岗每年 6 月份、12 月份进行团费收缴。

（6）每年 12 月份青年管理岗总结本年度团的工作并制订下一年度团工作计划。

（7）每季度对各支部团员变动情况进行统计。

（8）每年组织团员青年观看两次具有教育意义的电教片。

（9）配合有关部门参加岗位技能比武活动。

（三）团员青年主题教育活动的管理

（1）第一季度青年管理岗配合相关部门开展迎新春文艺、游艺等文娱活动。

（2）第二季度青年管理岗结合"五四"青年节开展爱国主义思想教育。

（3）第三季度青年管理岗配合处党委开展歌颂党、歌颂祖国宣传教育活动。

（4）第四季度青年管理岗组织开展团员青年争先创优活动。

第二节　环境管理

一、办公环境

（一）物品摆放

将必需品和非必需品区分开，岗位上只放置必需品，以腾出空间，防止误用。

1. 办公桌

（1）必需品放在使用方便的位置，做到工作空间内物品摆放一目了然，井然有序。

（2）抽屉。

第一层：工作日志、笔记本及个人常用工具，并将这些常用工具分格摆放。

第二层：常用资料。

第三层：书籍、资料及个人物品。

2. 个人衣帽柜的管理

个人衣帽、物品统一管理，不能随意放置，确保环境整洁。

3. 各类用品用具的管理

将各类用品用具分类，分别进行标识，整齐摆放，做到取用方便。

4. 各种资料的管理

将各种资料按照类别摆放，分类标识，方便查找。

5. 计算机及辅助设备

（1）计算机及外设的电源线、信号线排列整齐。

（2）打印机按规定摆放整齐。

（二）环境卫生管理

（1）制定卫生责任制，值班人员负责办公室卫生，认真做好清洁工作。

（2）随时保持办公室环境卫生清洁。对办公室及个人办公环境（室内地面、开关、桌椅、柜子表面、门表面及计算机等）卫生建立监督机制，设置区域责任人（主要责任人、次要责任人），每天区域负责人必须在上午9：00之前进行卫生检查，并进行确认，合格的在相应的栏内打"√"，不合格应立即整改。

（3）定期对办公环境进行清理，窗帘、窗户、灯具每月清洁一次，由区域负责人制定清扫日期（一般为周/月初），组织全部责任人进行清扫，当日责任人、区域责任人进行确认合格，不合格应立即整改。

（4）每周一对所属各房间进行一次彻底的卫生清理，包括办公室、宿舍、职教室、图书室、台球厅，垃圾应及时倾倒。

（5）不随地吐痰，不随便乱扔垃圾。

第三节　资料管理

一、档案资料整编

党群办档案资料主要包括：党务资料、纪检资料、保密资料、工会资料、计划生育资料、共青团资料及部门绩效考核资料等。党务管理岗负责党务资料、纪检资料、保密资料的收集、整理、归档；工会管理岗负责工会资料、计划生育资料的收集、整理、归档；青年管理岗负责共青团资料、部门绩效考核资料的收集、整理、归档；其余资料由青年管理岗负责整理、归档。

二、工程影像、照片资料管理

（1）工会管理岗负责影像器材、影像资料及照片资料的编辑管理工作。

（2）凡是有存档价值的重要会议、工作会议、文娱活动等均进行详细录制，并进行后期编辑，在一些细节画面添加文字解释说明等，使编辑后的影像资料真正成为有声有色有价值的档案资料。

（3）对有存档价值的照片进行分类、整理、存档。

三、资料管理要求

（1）各类资料要保证全面性、真实性、合理性、完整性和准确性。

（2）各类资料要按规定填写，确保资料内容填写准确。

（3）资料要按规定限期（永久或定期）归档，确保资料在保管期限内的完整性、连续性。

（4）资料要保证整洁、完整、齐全，无丢失、损坏现象。

第四节 考勤管理

为规范考勤管理，设专人记考勤，要求本部门考勤员要如实填写考勤表，将其作为绩效考核的依据，并规定考勤员的职责，严格执行本部门职工的请销假制度。

一、考勤员职责

（1）按规定及时、认真、准确地记录考勤情况，要求每天按照上午、下午进行填写。

（2）如实反映本部门考勤中存在的问题。

（3）妥善保管各种休假凭证。

（4）及时汇总考勤结果，月末将本部门领导签字、盖章的考勤表（一式两份）上交人力资源科一份，存档一份。

二、请销假管理

（1）职工因病或有事不能按时上班的，应该事先请假。如不能事先请假的，可用电话、口信等方式请假，事后补假条。如果假期不够应提前办理续假手续。

（2）职工请假天数按处内规定统一执行。

（3）职工假满上班后要向主管领导销假。

第五节　安全工作

结合本部门工作实际，每月安全生产检查不少于一次，及时做好工作记录并整理归档，建立安全生产管理档案。

（1）部门与职工签订安全生产责任书。

（2）每天下班时（包括中午下班）关好门窗，关闭计算机、空调。

（3）要随手关灯，禁止乱拉、乱接电线；禁止在办公室及宿舍内使用电炉、电暖气等电器。

（4）遇雷电天气时应及时关闭计算机及其外设的电源，避免雷击对计算机造成破坏。

（5）部门与职工之间要签订职工安全生产岗位责任书，本部门保存一份，上交人力资料科一份（一般在发文一周内完成）。

（6）严格值班。

1）值班人员必须坚守岗位，不可擅离职守，如因公需外出超过30分钟时，要把值班情况向替班人员详细说明，以方便其代班。如值班人员确有特殊情况需要倒班的，必须经主管领导同意，并妥善安排好替班人员。

2）值班期间值班人员严禁赌博。

3）值班人员负责打扫值班室及办公室卫生，必须保持公共环境和个人环境卫生干净整洁。

第六节　其他工作

一、建立学习记录

每月由主任组织本部门职工学习，原则上不少于两次，并由专人负责做好记录。记录内容包括时间、地点、主持人、参加人、记录人、学习内容、讨论情况等几部分。处下发各类文件应在三日内组织学习，处会议精神要求传达的应在三日内进行传达。

二、工作日志的填写

（1）本部门职能与本岗岗位说明书附在工作日志前并掌握其内容。

（2）具体填写每日工作情况，写明具体工作内容、工作种类、工作完成进度或程度，以及存在的问题等。

（3）每天 9：00 之前填写好前一天工作日志。

三、信息管理

每月上报信息不少于两篇，信息撰写强调时效性、真实性，要求信息在事件发生当日编制报送并整理存档。

四、培训工作

（1）每年 12 月 10 日前由青年工作岗将下一年度《部门年度培训需求情况调查表》及本年度《部门年度培训情况汇总表》报人力资源科。

（2）每年 1 月 15 日前和 6 月 25 日前由青年管理岗分别制订出上半年、下半年内部培训计划并报人力资源科。

（3）青年管理岗建立部门培训档案和职工个人培训档案并按时填写，原则上部门内部培训半年不少于两次。

五、临时性工作

及时并保质保量地完成领导安排的临时性工作，向领导汇报工作完成情况，或未完成原因。

第十一章 考核管理

11

第一节

部门考核

第二节

岗位考核

我处的考核管理工作分两级：一级为部门考核，即处考核小组对各部门日常办公管理、人力资源管理和主要业务工作完成情况的考核；二级为岗位考核，即各部门考核小组对本部门各岗位职工业务工作完成情况的考核。本章从部门考核和岗位考核两方面介绍考核管理工作的开展。

第一节 部门考核

一、考核内容

1. 日常办公管理

主要就党群办党务管理、政治理论学习、廉政建设、计划生育、环境卫生和信息报送等内容进行考核。考核标准如表 11-1 所示。

2. 人力资源管理

主要就党群办各项规章制度执行情况、考核执行情况和参加培训情况等内容进行考核。考核标准如表 11-2 所示。

3. 主要业务管理

主要就党群办精神文明建设管理、党务管理、工会工作、共青团工作等重点业务工作的完成情况进行考核。考核标准如表 11-3 所示。

二、考核形式

1. 日常指导检查

处考评小组对党群办设施设备管理、资料整理、办公环境管理等工作进行检查。

2. 抽查

处考评小组对党群办的各项管理工作情况进行随机检查，即时间不定、内容不定、成员不定。

3. 定期考核

每季度由党群办考核小组对本部门职工考核一次，处考评小组每半年对党群办整体工作进行全面细致的考核。

4. 科室互评

相关科室对党群办依据评分标准每半年进行一次评价。

5. 处领导综合评价

每半年处领导按照党群办工作量和工作完成情况依据评分标准进行一次综合评价。

三、考核程序

（1）处考评领导小组定期或不定期组织考核工作。

（2）考评领导小组组长按照考核办法和考核标准组织考核工作。

（3）考评小组成员考核时采取现场考核、综合评价的打分方式，并注明扣分原因，以保证评分的合理、公开、公正和全面性。

（4）建立考核档案。

（5）对整改内容进行分析研究，找出原因，提出整改方案，下达整改通知，限定整改时间。

四、考核运用

岗位半年绩效薪酬的核算是以半年考核成绩为依据，由人力资源科进行汇总、核算；对于考核中出现的问题由本部门负责人组织有针对性地进行培训和整改，并在 7 天内向处考核领导小组反馈整改情况。

考核标准如表 11-4、表 11-5、表 11-6 所示。

表 11-1　日常办公管理工作评分标准

项目	考核内容及标准	标准分	赋分原则
安全生产	① 安全生产规定和制度健全 ② 管辖范围内无生产事故和安全责任事故 ③ 消防等各类抢险器具齐全，符合相关检验规定，标志明显 ④ 部门职工无越级上访现象发生	10	① 没有安全生产规定和制度，扣 5 分；规定和制度不健全，缺一项扣 1 分 ② 安全生产事故，每发生一般事故一次扣 5 分；发生责任事故，此项不得分，执行一票否决。节假日、夜间值班出现空岗，一人次扣 1 分；下班后没有锁好门窗，关闭电源，发现一次扣 1 分；特殊岗位人员必须持证上岗，严格执行操作规范，发现同题一次扣 1 分；每月底及节假日前对本部门的办公设施、库房等进行安全检查，检查无记录一次扣 1 分 ③ 消防等各种警示标志不齐全、不明显，扣 1 分；抢险器具不齐全，不符合有关规定，一项扣 2 分 ④ 本部门出现职工越级上访现象，本项不得分
职工礼仪要求	① 服装穿着符合规定，发型合体，禁止穿着奇装异服 ② 工作中使用基本礼貌用语	10	① 上班期间不许穿无袖背心和短裤上班，男职工不许穿过透、过露的衣服和超短裙上班，女职工不许穿拖鞋，发现一人次扣 1 分 ② 工作中使用不文明语言，说话带脏字的，发现一次扣 1 分
集体活动情况	① 部门职工积极参加处各种会议 ② 按时参加处组织的集体活动	10	① 不按时参加会议，迟到一人次扣 0.5 分，无故不参加一人次扣 1 分 ② 不按时参加活动，迟到一人次扣 0.5 分，无故不参加一人次扣 1 分
廉政建设	廉洁自律，部门无腐败现象发生，科级干部按时签订廉政承诺书	10	工作中发生吃、拿、卡、要现象的，一次扣 1 分；科级干部未按时签订廉政承诺书的，缺少一人次扣 1 分；部门人员发生违法违纪案件，执行一票否决扣 10 分，并取消当年评优资格

续表

项目	考核内容及标准	标准分	赋分原则
计划生育	本部门所有职工全部与单位签订计划生育合同书,部门育龄职工已生育一胎的全部采取节育措施	5	没签订合同书的,一人次扣1分;未按要求采取节育措施的,一人次扣2分;发生计划外生育的,一票否决扣5分,并取消当年评优资格
节能降耗	①资料按规定实行双面打印 ②办公室、宿舍及走廊灯,做到人走灯灭 ③下班后及时关空调,计算机,使用空调时关闭门窗 ④宿舍禁止使用电暖气、电褥子 ⑤公务用车严格管理,避免能源浪费	10	①未按规定双面打印的扣1分 ②办公室及走廊灯发现常明灯,一次扣1分 ③下班未关空调,计算机的,发现一次扣1分;使用空调时未关闭门窗,发现,一次扣1分 ④发现使用电暖气、电褥子的,一次扣2分 ⑤公务用车未按要求造成能源浪费的,扣2分
综合治理	无黄、赌、毒现象及交通安全事故发生	5	发生问题,一票否决扣5分
信息报送	按时将本部门重点信息进行报送(每月至少2篇)	5	未按时按量报送的,缺少一篇扣1分;报送重大信息被局转发一次加0.5分
丛书内容	丛书中所写的工作内容(现场机随抽查)	5	每发现一处问题扣1分
办公室管理	①室内环境整洁,物品摆放有序,窗明几净,椅等器具无破损,门窗、桌 ②房屋内外墙面完好,附属装饰干净整洁,无破损	15	①公用品摆放凌乱的,一次扣1分;门窗玻璃有污物、破损的,扣1分;桌椅等器具有破损的,一次扣1分;室内有垃圾、杂物、灰尘、蜘蛛网的,一次扣1分 ②房屋内外墙面有起皮、脱落部位清理不及时的,一次扣1分;附属装饰有污渍、破损的,一次扣1分

续表

项目	考核内容及标准	标准分	赋分原则
职工宿舍管理	③各种电器、办公设施等完好，无私搭乱接等现象 ④花盆无烟蒂，卷柜顶无灰尘、杂物		③各种电器、办公设施有人为破坏一次扣1分；私搭乱接的，一次扣1分 ④花盆有烟蒂的，扣1分；卷柜顶有灰尘、杂物的扣1分
	①床上用品摆放整洁，床单无折皱，床铺无尘土 ②地面无污渍，无乱堆乱放现象 ③室内墙壁、屋顶无尘土、污渍及蜘蛛网 ④窗台、玻璃以及附属设施整洁无污渍 ⑤生活用品摆放整齐 ⑥电器无私搭乱接现象 ⑦严格禁止在宿舍内酗酒及从事非法活动 ⑧宿舍禁止使用电暖气、电炉子、电褥子、热得快等 ⑨外来人员进入职工宿舍要进行登记	10	①床上用品摆放不整洁，床单有折皱，床铺有尘土的，扣1分 ②地面有污渍，有乱堆乱放现象的，扣1分 ③室内有尘土，屋顶有尘土、污渍及蜘蛛网的，扣1分 ④窗台不整洁有污渍，玻璃有污渍、空调及储物柜表面有污渍的，扣1分 ⑤生活用品摆放不整齐的，一次扣1分 ⑥室内有乱贴、乱挂、乱画、乱放、乱钉、乱拉线等现象的，扣2分 ⑦在宿舍内酗酒、聚众赌博、观看不健康光盘、书籍等的，扣2分 ⑧违反规定使用电暖气、电炉子、电褥子、热得快的，发现一次扣2分；室内无人时，空调长期运行的，扣2分 ⑨外来人员进入宿舍未登记的，扣1分
各种资料报送情况	管理处要求上报的各种资料按规定时限、规定内容上报	5	上报不及时、迟报一天扣0.5分；上报质量未按照要求的内容上报，一次扣1分（由组织部门记录相关信息，每次考核结束前报处考核小组组长）
满		分 100分	

表 11-2　人力资源管理评分标准

项目	考核内容及标准	标准分	赋分原则
岗位管理	①各部门严格执行请销假制度 ②按时填写《工作日志》，内容清楚、字迹工整，每个季度结束于下个季度的第一个月的7日前呈交主管领导进行评价 ③考勤记录要真实、按实际工作和值班情况记录出勤情况，每天及时填写，考勤记录要符号与考勤表标注的符号一致，每月2日前上报上月考勤（遇节假日顺延）	40	①请销假制度执行不严，有迟到或早退现象，部门考勤未记载的，发现1人次扣1分；请假无假条的；1人次扣1分 ②日志不按规范填写明具体工作内容，每发现一人次扣1分；日志内容写不真实，发现1人次扣1分；日志迟写或超前写超过一个工作日（不含一个工作日）的，每发现一人次扣1分；不按时呈交主管领导评价的，每发现一人次扣1分 ③考勤应在当天下班前5分钟填写，经查实有弄虚作假，考勤视为弄虚作假的（提前记录或迟填写假），每出现一次扣2分，迟填考勤超过两个工作日的一次扣1分，记录符号不一致的（含两个工作日），每发现一次扣1分，上报不及时，迟报一天扣0.5分
绩效管理	①各部门根据考核办法制定部门考核办法，以《考核实证管理》为评分标准 ②严格考核，提前或推迟不超过3天 ③严格按照考核标准组织绩效考核 ④按照规定时间呈报考核结果，签字盖章要齐全 ⑤考核档案规范齐全、半年装订一卷，包括考核办法、评分标准、评分数统计表，考核总结 ⑥每逢双月于20日前部门组织目查，有记录和整改结果（存人核目查资料中），记录内容包括时间、参加人员，发现的问题、整改措施等，整改结果以总结的形式存档	40	①无岗位考核标准的，扣10分 ②不按照考核办法和考核办法规定时间组织考核的，超过3天每次扣2分 ③不按照考核标准进行扣分的，发现1人次扣1分；考核成绩有轮庄现象，扣4分 ④考核结果不按时报送人力资源科的，迟报一天扣1分字或缺章的，每一项扣1分 ⑤员工绩效考核档案自行保存，保存期为1年，资料不全的，缺少一项扣2分 ⑥每缺少一次自查扣1分，无记录内容不全扣0.5分，记录内容不全面扣0.5分，无整改结果一次扣1分

续表

项目	考核内容及标准	标准分	赋分原则
培训管理	①积极参加内处组织的各项培训和学习 ②遵守培训纪律,严格执行请销假制度 ③学习认真,效果良好 ④部门培训计划的制订 ⑤部门培训组织实施和档案管理	20	①培训期间迟到、早退的,一人次扣0.5分;无故不参加各类培训和学习的,每缺少一人次,扣1分 ②扰乱会场秩序的,每人次扣1分;请假者需持主管处长批准的请假条报组织部门,无故不参加培训者,发现一人次扣部门2分,本人按旷工处理 ③培训后考试成绩不及格或未达标的,每人次扣2分 ④部门培训计划上报不及时扣1分,培训计划不切合实际,敷衍了事的扣2分 ⑤部门培训缺少一次扣2分,未按时组织扣1分,档案及资料归档不及时扣1分,档案资料出现错误一处扣1分

满 分 100分

表 11-3 党群办公室业务评分标准

项目	考核内容及标准	标准分	赋分原则
精神文明	① 每年 1 月 10 日前制定本处精神文明建设的实施方案 ② 每半年开展一次职工思想教育活动，了解职工的思想动态 ③ 每年 1 月底前制订年度职工文体娱乐活动计划，每季度组织开展一次活动 ④ 每年 10 月份组织一次革命传统教育和法律法规知识教育 ⑤ 图书室书架摆放整齐，书籍分类清晰，借阅手续齐全，环境整洁 ⑥ 图书室、职教室的环境卫生按照办公室环境管理	20	① 未按时制定精神文明实施方案的，扣 1 分 ② 未按时开展职工思想教育活动的，缺少一次扣 1 分 ③ 缺少活动计划的，扣 1 分；未按时组织活动的，少一次扣 1 分 ④ 未按时组织革命传统教育和法律知识教育的，扣 1 分 ⑤ 书架摆放不整齐、书籍分类不清晰，发现一处问题扣 2 分；未按规定执行借阅手续，借阅手续不齐全的，扣 2 分 ⑥ 按照办公室管理进行赋分
党务会议管理	① 会议准备。按照会议筹备程序，提前一天做好会议资料准备、资料分发、会场布置，拟发会议通知 ② 会议组织。做好各种会议的组织、记录、拍照、摄像工作 ③ 会议考勤。中心组学习实行签到制度，并当场公布到会情况。开会前 10 分钟提供签到表 ④ 会议纪律。会场秩序良好，无接打手机、大声喧哗现象 ⑤ 会议服务。严谨、周密、到位。会议期间指定专人做好会议服务，各项服务到位	20	① 没提前一天做好会议资料准备、资料分发、会场布置，拟发会议通知的，一项做不到扣 1 分 ② 无专人记录、拍照、摄像的，一次扣 1 分 ③ 没有会议考勤的，一次扣 1 分 ④ 未登记违反会议纪律人员的，一次扣 1 分 ⑤ 会议期间无专人负责会议服务的，一次扣 1 分

续表

项目	考核内容及标准	标准分	赋分原则
党务印章管理	①印章保管。确定专人妥善保管 ②印章使用审批手续。凡需加盖党委印章的一般文件、材料等必须经监印人认真审查对后当场盖章。外出需携带党委印章和重大问题使用印章须经领导批准使用印章无登记记录的,扣1分;不是使用人本人签字的,扣1分 ③印章使用要登记。印章使用要进行登记并签字。外出带章要登记交回日期 ④印章管理纪律。监印人不得私自将印章交与他人使用,不得开具空白介绍信或在白纸上盖印,对不符合手续、不合规定的用印,监印人一律拒绝盖印	10	①无专人保管印章的,扣1分 ②监印人不认真审查对就盖章造成严重后果的,一次扣2分;不经领导批准,私自带印章外出使用,造成不良后果的,扣2分 ③使用印章无登记记录的,扣1分;不是使用人本人签字的,扣1分 ④监印人私自将印章交与他人使用的,一次扣1分;对不符合手续、不合规定的用印,监印人不子拒绝加盖党委印章的,一次扣2分
退休人员管理	①对退休同志的意见和建议集中一个月向领导反映一次 ②每年两次慰问(春节、老人节)退休人员 ③每两年组织一次体检	10	①对退休同志的意见和建议没有按规定时间向领导反映的,一次扣1分 ②没有按规定慰问退休人员的,缺少一次扣1分 ③未组织退休人员体检的,扣2分
计划生育工作	①计划生育条例执行严格,无违反计划生育条例情况发生 ②做好独生子女登记准确,补贴发放工作 ③每年召开计划生育工作会议不少于两次 ④召开会议要有会议记录 ⑤对计划生育重点户走访,每年不少于两次,并做好相关记录	15	①有违反条例行为发生的,此项不得分;未按规定与各科室员工签订计划生育协议的,发现一人次扣2分 ②登记错误的,一处扣1分;补贴发放有误的,一次扣1分 ③计划生育工作会议缺少一次扣1分 ④召开会议无会议记录,缺少一次扣1分 ⑤走访缺少一次扣1分,无记录一次扣1分

续表

项目	考核内容及标准	标准分	赋分原则
党务工作	① 每年 1 月 15 日前制定本部门年度工作目标,每年 1 月 10 日前完成党务工作实施方案的制定 ② 抓好各党支部班子建设,每半年召开一次党员座谈会,每年开展一次党员民主测评活动,每年组织一次党支部书记和委员培训班 ③ 在"七一"前组织开展"双五好"党支部和党员的评选表彰工作 ④ 每年至少召开两次党员大会,提前 3 天做好会议的各项筹备工作,确保会议按期召开。按会议程序,提前一天做好会议资料准备、资料布发、会场布置、拟发会议通知、做好会议记录 ⑤ 基层组织管理。a. 加强党员教育管理。制订年度学习计划,并下发至各处领导及各部门,按计划抓好落实并建立学习档案。b. 发展党员,严格履行入党手续,按规定办理转正手续,组织好入党积极分子培训 ⑥ 按规定及时督办党费收缴工作、专人管理,账目清楚、每年公布一次。在工资调整的下月调整党费收取标准 ⑦ 党务文件起草规范、上报及时 ⑧ 做好党员系统维护,更新工作,12 月 20 日上报局组织部 ⑨ 按组织部要求做好处级班子及干部的考核评议和后备干部年度考核	35	① 无年度工作目标的,扣 2 分;制定不及时、内容不全面,不合理的,扣 1 分 ② 缺少一项扣 1 分,组织不及时扣 1 分 ③ 未按时组织"双五好"支部和党员评选的,扣 1 分 ④ 没有按期组织党员大会的,扣 1 分;没有会议通知、不做记录的,扣 1 分 ⑤ 无学习计划的,扣 1 分;未建立学习档案的,扣 1 分;未组织好入党积极分子培训的,扣 1 分;未按局组织部门要求发展党员的,扣 1 分;未严格履行入党手续的,扣 1 分 ⑥ 未及时调整党费标准的,扣 1 分;党费未设立专门账户的,扣 1 分;党费账目不清的,扣 1 分;每年未公布党费收缴、使用情况的,扣 1 分 ⑦ 党务文件上报不及时的,延误一次扣 1 分 ⑧ 党员系统更新不及时或未及时上报组织部的每次扣 1 分 ⑨ 干部考核工作不符合规定的,一次扣 1 分

续表

项目	考核内容及标准	标准分	赋分原则
工会工作	① 每月 30 日前做好工会收支情况的记录工作 ② 组织职工参与机关内部事务的民主管理和民主监督,保障职工的知情权、参与权和监督权;推进机关政治文明建设,保障职工民主权利的实现 ③ 按处内要求,积极组织各项文体活动,做到有计划、有组织、有落实。每年不少于两次 ④ 依法管好、用好工会经费,按时收缴会费,按规定上缴工会经费。工会经费专人管理 ⑤ 管理好工会健身、娱乐设施及其他工会财产 ⑥ 做好会员的会籍管理及日常上报下达工作 ⑦ 按要求做好职工代表大会大会筹备、组织、召开工作 ⑧ 每年 12 月底填写本年度财务决算报表及下年度财务预算报表,并报局工会	20	① 工会收支情况记录缺少的,一次扣 1 分 ② 未搞好职工参与民主管理工作,职工提出疑义的,一次扣 1 分 ③ 处内各项文体活动无计划的,扣 1 分;未按计划组织落实的,缺少一次扣 1 分 ④ 工会经费没有专人管理的,扣 1 分;未规定及时上缴工会经费的,一次扣 1 分 ⑤ 由于管理不善,造成设施损坏,财产丢失的,扣 2 分 ⑥ 未按规定管理会籍的,扣 1 分;未做好日常上报下达工作,延误一次扣 1 分 ⑦ 未按时召开职工代表大会扣 1 分,职工代表大会大会换届不及时的,扣 1 分 ⑧ 未按时填写本年度财务决算报表及下年财务预算报表的,扣 1 分;未按时上报局工会的,扣 1 分
共青团工作	① 每年组织团青年政治理论学习一次,并做好记录 ② 每年召开团员大会一次,并做好记录 ③ 按规定发展新团员 ④ 每季末 30 日前收取一次团费、安排专人管理 ⑤ 每年至少写一篇关于青年思想政治工作调研报告 ⑥ 每年 2 月份完成新团员登记表的填写并存档 ⑦ 每年 3 月份开展学雷锋义务奉献活动 ⑧ 每年 12 月份总结本年度团的工作并制订下一年度团工作计划	10	① 一年内未组织团员政治理论学习的,扣 1 分;无记录的,扣 1 分 ② 一年内未召开团员大会不符合规定的,一次扣 1 分 ③ 发展新团员政治思想不及时的,一次扣 1 分,无专人管理的,扣 1 分 ④ 团费收缴不及时的,一次扣 1 分;无记录的,扣 1 分 ⑤ 没有青年思想政治工作调研报告的,扣 1 分 ⑥ 没按时完成新团员登记表的填写的,扣 1 分 ⑦ 没有开展义务奉献活动的,扣 1 分 ⑧ 无年度工作计划的,扣 1 分

续表

项目	考核内容及标准	标准分	赋分原则
纪检监察工作	① 每年 3 月 30 日前组织各部门签订廉政责任书,中层以上干部签订廉政承诺书 ② 每半年对各项制度项落实情况进行检查、监督,记录详实	10	① 缺少一种责任扣 1 分,签订不及时扣 1 分 ② 未按时对各项制度执行落实情况进行检查、监督的,扣 1 分;无记录,扣 1 分
保密工作	① 每年 1 月 31 日前制定保密工作实施细则,明确涉密人员范围 ② 每年 5 月中旬组织涉密人员进行专题保密教育一次 ③ 定期和不定期进行保密检查,发现问题及时纠正。每半年进行一次保密检查,有检查记录 ④ 认真追查泄密事件,对于泄密者,根据有关规定提出惩处意见 ⑤ 带密级的文件、资料的阅读和传达必须按规定的范围要求办理,不得擅自扩大阅读和传达范围	15	① 未制定保密工作实施细则的,扣 1 分;未明确涉密人员范围的,扣 1 分 ② 未按期组织涉密人员培训的,扣 1 分 ③ 没到期组织进行保密检查的,缺少一次扣 2 分;缺少检查记录的,少一次扣查记录的,少一次扣 1 分;缺少整改记录,少一次扣 1 分 ④ 对泄密事件未认真追查的,扣 1 分;对泄密事件隐瞒不报的,一次扣 1 分 ⑤ 未按要求阅读秘密文件的,一次扣 2 分
防汛工作	做好防汛抢险组的组织协调工作,每次组织抢险队员不少于 50%	10	未按照规定时间组织好抢险组或组织抢险队员不足 50%的,一次扣 1 分;组织混乱、耽误工作的本项不得分
重点工作	根据处统一安排按时按质按量完成重点工作	20	重点工作未按要求完成的,此项不得分;完成不及时的,扣 5 分;完成质量不高的,扣 5 分

续表

项目	考核内容及标准	标准分	赋分原则
办公自动化	① 按照办公自动化收发文流程进行公文收发 ② 及时阅读办公自动化系统信息,处理办公自动化系统中的公文、流程和事务	7	① 不使用办公自动化系统进行公文收发的,每次扣 2 分 ② 处理办公自动化信息不及时,发现一条扣 5 分
信息系统应用培训	① 做好新职工信息系统应用培训工作 ② 职工培训做好相关培训记录	3	① 新职工上岗一周仍不会应用信息系统的,每人次扣 1 分 ② 未填写培训记录的,每次扣 1 分
计算机硬件管理	① 计算机及外设的电源线、信号线布置整齐,计算机及外设管理良好,运行正常,工作台干净整洁 ② 计算机按时关机,无长期开机现象 ③ 无私自将计算机及外设外借或带出单位现象 ④ 内外网计算机严格隔离,无内外网混用计算机	5	① 计算机、外设及工作台每发现三处明显污损,扣 1 分;计算机及外设的电源线和信号线每发现三处不整齐,扣 1 分;计算机及外部设备运行不正常的,每台扣 1 分 ② 每发现一次长期开机,扣 1 分 ③ 每发现一次私自将计算机及外设外借或带出单位,扣 1 分 ④ 每发现一次内外网混用扣 2 分
计算机软件管理	① 原则上所有的计算机均安装有病毒防护软件 ② 计算机不安装与工作无关软件 ③ 专机专用,专用计算机上不安装无关软件 ④ 无修改计算机及网络配置文件等行为	5	① 未安装病毒防护软件的,每台扣 1 分 ② 每发现一次,扣 0.5 分 ③ 每发现一次在专用计算机专用计算机上运行无关软件的,扣 0.5 分 ④ 每发现一次修改计算机及网络配置文件的,扣 1 分

满分 215 分

表 11-4　处领导综合评价评分标准

项目	考核内容及标准	标准分	赋分原则
工作计划的制订	按时完成工作计划的制订，计划周全，分工细致，责任明确	10	不能按时提交工作计划的，每次扣2分；缺乏主要工作内容的，扣2分；安排不细致、职责不明确的，每次每项扣1分
工作完成情况	能够按处工作安排完成部门的工作	30	不能按计划完成本部门的工作，每项扣5分；工作完成质量不高的，每项扣2分
工作主动性	能够积极主动地完成本职工作	10	工作消极、没有前瞻性的，扣1分；由于工作拖拉，影响正常工作的，本项不得分。
日常工作的处理	及时落实处相关会议精神，各项工作开展过程中，视情节主动请示、及时汇报，并做好信息反馈	20	落实处相关会议精神不及时的，每次扣2分；工作中出现独断专行、隐瞒事实真相的，每项扣2分；由此造成不良后果的，此项不得分，同时追究责任人的责任
与主管部门的沟通协调能力	积极与上级主管及相关部门沟通业务，争取工作的主动	10	缺乏沟通，造成工作受阻的，扣2分；影响正常工作的，扣5分
服务意识	部门之间合作意识强，主动为对方服务	10	部门之间缺乏合作意识，工作互相推诿的，扣2分；服务不周到、问题考虑不全面的，扣1分
创新意识	科室工作要有创新思路，各项工作有起色，有益于我处的发展	10	科室工作无创新点的，扣1分；创新效果不明显的，扣1分
满　分　100分			

11-5 职工季度考核精神文明部分考核标准

项目	考核内容及标准	标准分	赋分原则
工作积极性	主动争取工作，并按质量及时完成	5	未按时完成任务的，每次扣1分；工作消极的，不得分
科室会议主动性	积极主动，态度认真，主动发言	3	不积极参加会议的，每次扣1分；传播负面信息的，不得分
岗位培训	积极参加培训，态度认真，并达到培训效果	5	无故不参加培训的，一次扣1分，扣完为止
工作礼仪（职工守则）	服饰庄重、整洁	2	着装奇装异服、不整洁的，一次扣1分
劳动纪律执行情况	按时出勤，无迟到早退现象	5	每迟到或早退一次扣1分，扣完为止；旷工一天扣5分，可出现负分；违反处内有关规定饮酒的，一次扣2分，可出现负分

满 分20分

表 11-6 职工绩效考核记录表

部门： 年 月 日

考核地点		考核组长	
参加人员			
考核对象一： 业务工作得分： 精神文明得分： 考核对象二： 业务工作得分： 精神文明得分： 考核对象三： 业务工作得分： 精神文明得分： 考核对象四： 业务工作得分： 精神文明得分：			
记录人：			
评委签字：			

第二节　岗位考核

一、考核组织

1. 党群办考核小组

组　　长：主任岗。

成　　员：副主任岗、党务管理岗、青年管理岗、工会管理岗。

考评联络员：青年管理岗。

2. 党群办考核小组职责

（1）负责本部门的考核办法及评分标准的制定。

（2）负责本部门考核办法的实施，并严格按照考核标准在公开、公平、公正的原则下做好考核工作。

（3）负责日常工作的推动，定期召开会议，研究解决本部门考核工作及日常管理工作中出现的问题，每次考核检查结束后进行总结。

（4）负责建立职工考核档案、培训档案。

（5）由考核小组负责汇总考核工作情况，将职工培训情况、考核结果报人力资源科。

二、考核内容及权重

（一）考核内容

1. 精神文明

主要包括工作积极性、科室会议主动性、岗位培训工作礼仪（职工守则）劳动纪律执行情况、安全保卫等。

2. 业务工作

参照《考评实证管理》中岗位所对应的工作内容。

（二）考核权重

精神文明占 20%，业务工作占 80%。

三、考核形式与周期

1. 考核形式

采取集中考核形式，建立季度考核评分表，对职工进行日常考核记录，按照评分办法计入考核成绩，由专人负责资料的汇总、归档。

2. 考核周期

每季度末 25 日前完成考核，半年汇总一次成绩。

四、评分要求

（1）考核时采取记名式公开打分方式，并注明扣分原因，以保证评分的合理、公开、公正和全面性。

（2）季度末成员集中评议，集体打分签字。

（3）被考核成员如有疑问，可当场质疑，评委评分有错误的要当场更正。

五、结果运用

（1）根据职工半年内两个季度考核平均成绩核定岗位半年考核成绩，并于 6 月 26 日和 12 月 26 日以前报人力资源科。

（2）针对考核出现的问题，有目的、有步骤地组织培训及整改。

（3）建议：职工工作调配、待岗培训。

六、申请复议

接收本部门岗位职工的申请复议表，并上报处考核监督领导小组。